英語自學王

史上最強英語自學指南

【增訂版】

英語脫魯達人

鄭錫懋 著

晨星出版

史上最長的致謝辭

書寫了那麼久，拜託讓我多說兩句啦！

謝謝我的爸爸　鄭宗卿、媽媽　曾麗蓉
你們是我最好的榜樣、最好的後盾
也是我寫這本書最大的動機，我希望讓你們感到光榮

謝謝我的三個妹妹，琦穎、鈺穎、雅尹
何等有幸，能夠成為你們的大哥，並且被你們深深愛著

謝謝火星爺爺，您不僅來上我的首發班
還把課程改良的方向一併傳授給我，您是天使吧？！
謝謝楊斯棓醫師，在百忙之中，還熱心為本書作序
能有您如此愛書之人作序，是我莫大的榮幸和福氣
謝謝安璐教練，用您明析如水的歸納能力
為本書的讀者，規畫了適性學習的全書鳥瞰圖
謝謝君卉醫師，勇敢自我揭露，成為眾人的鼓勵
何其開心能和您從讀者、到學員，最終成為朋友
有你們四位大腕好友的推薦
這本小書一定能觸及到更多想學好英文的人

謝謝 Karen Fleming，我的良師、我的益友
您不只啟蒙了我的英文，也啟蒙了我的人生

謝謝向上心文教機構的 Study 和 Remy
你們給了我人生中最重要的機會和賞識
你們的信任，讓我從工讀生變成老師，扭轉了我的人生

謝謝我歷年來教過、陪伴過的學生們
有你們的教學相長，我才得以成為更好的老師
你們的成長，是補教生涯裡最值得紀念的勳章

謝謝長子仰杉、次子仰言
能夠當一個全職爸爸，陪著你們長大
這真是我這輩子從事過幸福指數最高的工作了
你們笑到忘記自己是誰的笑聲，是我能持續寫作的最大動力

謝謝我的妻子　毓白
願意在我最胖、最窮的時候嫁給我
並且接納我、信任我、支持我、鼓勵我
因為你的愛，讓我也慢慢愛上自己了

最後，謝謝主耶穌，是祢，讓這本小書變得可能
讓我此生一切的幸福，變得可能。

目次
Contents

Part 1　英語自學的十個關鍵認知

Part **2** 英語自學的旅程備忘錄

▲ **Bonus Tip** 奶爸加碼好料

嗨！Michael，
你的書名是不是取錯了？

你有算過，你英文學了幾年嗎？很多年。

那麼，在路上遇到老外問路，你能清楚告訴他怎麼走嗎？出國在餐廳點菜，你能流利地點你想吃的，而不是指著菜單上的圖片說 "This and this" 嗎？看好萊塢電影，你能不看字幕，就知道主角在講什麼嗎？

如果不能，那怪了，明明學了多年英文，也很努力，怎麼要派上用場時都用不出來呢？

只有一種可能，就是我們學習英文的方法，錯了。

奶爸 Michael 的「英語自學王」第一班開課，我就去參加。

我的英文還可以，但 Michael 的經歷太特別，他是大一必修英文重修三次的魯蛇，「大六」才開始奮發，後來竟成為補教名師，開兩家補習班，又創辦「英語自學王」課程，為自己的職涯闖出偉大航道。

我非常好奇當中發生什麼事？他怎麼學的？他遇見什麼高

人？吃下什麼惡魔果實，成為一代英文魯夫？

那天課程開始沒多久，我就被 Michael 的一個觀念打到。他說：「英文不是另一種語言（language），英文是另一種聲音（voice）。」

Oh my God！我的小宇宙爆炸了一顆原子彈。

如果是語言，你想的就是單字、句型、文法、時態……，好沈重，好像要你攀登聖母峰，未出門腿先軟。但如果是聲音，你想到的就是聆聽、模仿、唱和……，好像要去 KTV 跟死黨尬嗓，未出門人先 high。小北鼻不就是把「語言」當「聲音」，學會說話的嗎？

沿著這樣的邏輯，Michael 把自學英文的心得，毫無保留分享出來。他教我們怎麼學、怎麼跟讀、怎麼聽。記得當天，他提到太太的一位老外同事對她說：「耐些兒卡。」她一整天搞不懂（我也聽不懂），後來才發現是 "Nice haircut"。

是，當你知道老外的說話習慣，溝通起來，就不會相隔一道英吉利海峽。

除了實用技法，課堂上最讓我感動的，是 Michael 的故事。他為了學英文當兵狂聽英文（連莒光日英文教學都不放過）；坐火車回家，從第一節車廂走到最後一節，找老外搭訕；看到好的英文句子他狂抄猛記……。

我終於知道，他不是吃了特別的惡魔果實，他是把每個學習的機會都狂吃猛啃，最後變成魯夫。

從魯蛇到魯夫，Michael 摸索出一套自學方法，他以有趣、

熱情、幽默的新世代語言書寫，很實用很好讀。但讀著讀著，你會驚訝地發現它也是一本勵志書。你先是發現它實用，接著被它感動。

你不一定要成為英文補習班老師，但只要你還想學英文，我推薦你讀這本書。除非你大一英文重修四次，不然，這套方法絕對能幫上你。

而且除了書本內容，Michael 還準備 LINE@ 帳號和臉書社團，要協助你學習。我也當講師，知道多數老師會在上課那天把你照顧好；少數老師下課後會照顧你一陣子；而 Michael，似乎打算照顧你一輩子。

Michael 做這些事，讓我想到摩西。

他知道英文很慘怎麼回事，他知道怎麼把英文練好，他知道英文練好有多美妙，他很想帶大家前往，他想為你撥開紅海。你不覺得，應該給這位有愛的奶爸，一次機會嗎？（你也值得再給自己一次機會把英文學好，不是嗎？）

如果你因為這本書，成為英語自學王，那比照辦理，成為「法語自學王」、「日語自學王」、「西班牙語自學王」，也不是太困難的事。一通百通，繼續比照辦理，又有哪些本事，是你無法學會的呢？

於是當你讀完書，你的體會可能跟我一樣：這哪裡是「英語自學王」，根本就是「人生自學王」。

作家、企業講師、TEDxTaipei 講者

火星爺爺

英語力，
是你不斷升級的人生終極武器

多年前，任職外商投信高階主管的楊姓友人向我介紹三位值得深深咀嚼的大咖，一位是林茂昌先生、一位是雨狗、一位是綠角，幾年過去了，我深受其益。

林茂昌先生多本著作及譯作我反覆翻讀多次，尚無緣認識本人。

雨狗大我一開始當他的學生跟著他南北跑，後來和他連袂舉辦講座或課程，他講課受到許多醫界跟商界朋友的喜愛。他不但常常第一時間讀原文簡報書，為學生傳達最先進的簡報觀念，還曾翻譯過一本名為《流星射手》的原文書，他不只認真，而是秀異。

而綠角大鮮為人知的背景是醫師，十幾年前在本業之外耕耘 ETF 等領域而拔尖。美國各類型財經作品，綠角大往往第一時間就咀嚼、反芻，無償分享。他經常慢跑，身體練好，維持最佳狀態持續閱讀書寫，在我看，他是 ETF 界的村上春樹。

上述三位有什麼共同點？是不是英文都比一般人好，好到可以讀原文書，好到可以翻譯書。我想你一定認同，他們三位人生不斷升級，正因為英語力是他們的終極武器。

你說你英文忘得糊里糊塗，幾乎零基礎，《空中英語教室》放到長菇，不知如何自處。我跟你保證，你拿著 Michael 這本《英語自學王》紮紮實實練三個月，一定會有綠角大的一成功力，然後，你就能以此基礎繼續前行（我認為再繼續紮實練三個月的人，會持續上升 10%，直到 100%）。

　　台灣出版界名人郝廣才老師，曾分享寫文章的要訣：「句子有音韻，讀一遍就忘不掉。」郝老師解釋：「因為文字本身是有聲音和外形的。當讀者看到文字的時候，就算嘴巴沒有念出來，腦子依舊是在默念的，所以有音韻的文字自然能夠吸引人注意，因為它悅耳、好聽，容易進入人腦，並激發感動。」

　　Michael 這本書的一大特色，完全就是郝老師所說，很多段落藏著一段押韻的文字，讓我腦中浮現 Netflix 節目《一絲絲覺醒》中，脫口秀主持人馬龍·韋恩順口唸一段 "Rapper's Delight" 歌詞的畫面。歌詞是 "I said a hip, hop, the hippie, the hippie, to the hip hip-hop, and you don't stop the rock it to the bang-bang, boogie say "up jump" the boogie to the rhythm of the boogie, the beat." 很多聽眾邊聽邊打拍子，搖頭晃腦。很羞赧的，我得承認，我讀 Michael 這本書的時候，我就成了搞蒜聽眾，鐵粉迷弟。

　　Michael 不跟你談快樂學習，你翻開他的書沒多久，他就教你要學會一個字叫 painstaking，他明白地告訴你，想變厲害，得承受很多痛苦，但這些痛苦是值得的。

　　Michael 教人學英文的十六字箴言：「縮小範圍，重覆聽讀，了然於胸，練到精通。」讓我完全折服，我曾私訊他說，這十六個字套在我個人學習台語跟粵語，也毫無違和。

　　我十幾歲自學台語時，曾赴敦煌書局，購買社會大學有聲出

版社所錄製，李鴻禧教授演講的錄音帶（那是一場千人演講的現場錄音內容，觀眾的即時反應可以讓你知道哪些是強大共鳴點，那些是笑點）。我把李教授嚴肅的演講內容反覆聽了一百次（當時我只有日常生活對話的基礎），聽到錄音帶的磁帶斷掉，我再去敦煌書局買一模一樣的錄音帶，再聽個幾十次，聽到我可以活靈活現的「演出」李鴻禧教授這個角色。

多年後我受「彭明敏文教基金會」之邀演講，會後有位女士稱讚我台語講得很好，我回她說我是聽李鴻禧教授的錄音帶自學的，她微笑點頭，後來我才知道她就是李教授的夫人，而當時李教授也在現場。

「縮小範圍，重覆聽讀，了然於胸，練到精通。」Michael的心血結晶硬是要得，我知道這十六個字是對的，但我沒有Michael豐沛的語言教學經驗，所以我無法淬鍊出這十六個字。我最大的幸運就是早一步得以咀嚼這本書，我可以很負責的跟我的朋友們介紹 Michael：「他不是為光作見證，他就是那道光。」

幫 Michael 寫推薦序的過程中，和他通電過多次，我告訴他我的小小心願：我希望他幫台灣的計程車司機也寫一本英文書，一本讓他們讀完可以有自信的跟外國人溝通的書。我希望他們藉著提升自己的英語力，讓自己的服務升級，有能力張羅商務客，有能力幫助自由行的散客，有能力在塞車的時候聽優質的英文廣播，別用寶貴的時間去聽政論節目搧風點火、徒增憂愁。

年度暢銷書《人生路引》作者、醫師

楊斯棓

用「掌握全貌」的科學方法
自學英語！

　　學英語反反覆覆學了數十年有了，學習成效還是稀稀落落的。「英語自學」真的有可能嗎？我的英文真的還有救嗎？工作夠繁忙了，學英文又要占用時間，是不是過陣子再說？一想到學英文，就有莫名恐懼與排斥，英文真的有可能變好嗎？

　　這幾個問題，都在聽完 Michael 老師的一天課程後，找到力量，看見可能性。過去的挫敗與創傷被一一撫平，信心整個被燃起，被大大灌注了好多的熱情，還有更重要的，是知道了許多的「原來如此」。

　　原來是學院式的英語學習，並非人人適用；原來還有更適合「非專業素人」的學習方法。英文學不起來，不只是我的個人程度問題，也不只是我毅力不好與懶惰，而是還沒有找到自學英語的「科學方法」。

　　原來再魯都可能自學英語成功，我只是還沒能規畫出容易上手的個人計畫；原來英語並非不能推動的巨人，我只是還沒看清楚語言學習的原理全貌。

　　Michael 把課堂上的這些原理、科學方法、心法技法，鉅細靡遺整理在這本書中，還增添了許多補充資料。一書之隔，垂手

可得，只能說太佛心了。

　　如果自學英語是有科學方法的，你想用「掌握全貌」的方式學習英語嗎？那你一定要好好看一下這本書。

　　和 Michael 老師的相識是一連串的因緣巧合，總之，他誠意十足地專為我辦了一堂課，我用身為教練 coaching 的方式，給了他一點精進回饋，很欣喜在他聽完專屬個人回饋後，看見他臉上的驚艷神情。聽聞他即將出書，自告奮勇地想幫大家寫一篇文，鼓勵許多長年在英文中挫敗與糾結的台灣同胞。

　　這本書的內容精實豐厚，一字一句一段，都像 Michael 的孩子一樣，他自己會很難做到「減法」；相對於他，我比較有機會可以為大家服務，提供出「少就是多」的好上手路徑。

　　第一部分，是適合不同族群，從哪兒開始閱讀的個人小建議。（非標準答案，只是參考）

1. 過去不常閱讀，或職場或生活甚為忙碌，有機會就只想要好好放鬆：
   請先服用這三個故事（誰不愛聽故事嘛！）：
   三句游氏贈言 p.48 ～ p.53
   Michael 老爸的故事 p.260
   Michael 老媽的故事 p.122 ～ p.125

2. 想快速知道終極學英文要領的：
   三句游氏贈言 p.48 ～ p.53

3. 自詡為專業吃貨的：

英語自學關鍵四智慧 p.54 ～ p.64

4. 心態準備好且想刻苦學習的：

刻意練習 p.36 ～ p.40

行動目標 p.127 ～ p.130

模組化的個人學習規畫表 p.265

5. 極度懷疑自己是否可能學好英文：

請先看上頁第 1 點提到的三個故事，再加碼兩個故事：

魯蛇的故事 p.26

最暗黑的那一晚 p.99 ～ p.104

然後請看這一篇：

兩條歧異道路 p.41 ～ p.45

6. 想發展口說能力的：

請先看這幾個部分：

化除說錯的心理障礙 p.185 ～ p.188

口說練習方向 p.189 ～ p.193

回饋快又急 p.122 ～ p.125

好工具好聲音素材 p.46 ～ p.47；p.120 ～ p.122

再加上第八章第二部分「技法篇」。

第二部分，是幾種學習英文常見障礙，迫不及待想先看的話，可以按圖索驥，再回到全書的學習。

1. 單字障礙

   傳統背單字攻克方式的可惜之處 p.42 ~ p.45

   變通重於單字 p.245 ~ p.246

   怎樣背單字才叫好？p.242 ~ p.244

2. 文法困難

   傳統記文法式的可惜之處 p.42 ~ p.45

   文法的美麗與哀愁 p.254

3. 口音問題

   「降低」口音 p.79 ~ p.87

   好工具好聲音素材 p.46 ~ p.47；p.120 ~ p.122

4. 怕說錯出糗

   說錯比不說好 87 倍 p.185 ~ p.188

5. 想把耳朵準備好的

   狹窄的聽 p.41 ~ p.45

   十招打通雙耳 p.205

第三部分，依照自己的行為傾向優先性（DiSC），選擇較適合自己的練習方向。

1. 孔雀型（i）

如果你是活躍的、快節奏、主動的、關注人的，書別看太久，抓幾個小撇步就趕快出門，學 Michael 和外國人交流吧！一陣子後，有需要再回頭來補其他的，注意要讓自己常有帥氣感與舒爽感。建議先看：

第八章〈八方英雄相助〉p.132

不怕使用英語的心法 p.132 ～ p.141

不符比例史詩般慶祝微小勝利 p.122 ～ p.125

之後可以補的：

跟讀法訓練 p.80 ～ p.86

2. 無尾熊型（S）

如果你是輕聲的、溫和的、關注人、有同理心的、要按步就班的：

最適合你可以給人的溫和回應 p.100 ～ p.109

許多讓你不怕沒話可回應的實際句子 p.142 ～ p.172

再看一個對你而言重要的小故事 p.122 ～ p.125

先把這幾個弄到熟，會大大提升你對英文的自信，之後再接著讀其他的。

3. 貓頭鷹型（**C**）

　　如果你是沈著冷靜的、仔細的、關注邏輯的、看重客觀觀點的。先看兩個過去被長期誤導的學習方法：

　　超級不建議從背單字與啃文法開始 p.41 ～ p.42

　　兩條歧異道路 p.41 ～ p.45

　　再用以下較適合你的練習方法：

　　自言自語法 p.190

　　受指導的寫作練習 p.193

　　隨身小本筆記 p.126；p.135

　　積極儲蓄聊天資本 p.135 ～ p.139

4. 老虎型（**D**）

　　如果你是快節奏的、大聲的、大膽的、關注邏輯的、懷疑／挑戰的。先看兩個過去被長期誤導的學習方法：

　　超級不建議從背單字與啃文法開始 p.41 ～ p.42

　　兩條歧異道路 p.41 ～ p.45

　　再用以下較適合你的練習方法：

　　用壓倒性努力取得第一場勝利 p.126

　　十招打通雙耳 p.205

　　跟讀法訓練 p.80 ～ p.86

　　Michael 老師文詞造詣極佳，書中除了學習資源連結、重要的心法技法外，還有許多動人的生命故事，以及熱血滿溢、到位

且優美的文詞,值得細細反覆品味。同時也提醒大家,千萬千萬不要再因貪多而習慣性設大目標,從「對自己而言好上手的」做為起手式,「每天、不停、現在起」看見一個更豐沛、更多開展的自己!

很喜歡 Michael 在書裡的這段話:「如果我看起來很熱情,是因為有人先用熱情感染了我,而那團火,至今仍在我心中燃燒著,盼望你也能得到這火光。」

以此祝福心中仍懷抱微光,也夢想把英文學好的你,都能在這本書裡找到希望,找到力量,找到可能性,為自己開展一條越走越寬的路。這會是我想給出的支持。

深深祝福大家,活出自己衷心想要的人生。

資深培力 IDP 教練、業界奧黛莉赫本
侯安璐

什麼！？
醫生的英文也要自學？

許多讀者可能會認為：醫生們就是一群學霸。這群人平常看的論文是英文、寫的病歷是英文、國外演講聽的也是英文，所以醫生們的英文應該都很好吧！

我的醫師同儕們或許是，但那絕對不是在說我。

雖然大學聯考英文拿了 91 分，但其實我非常討厭英文這門「學科」。對我來說，讀英文只是為了考高分，上醫學系的一個必要手段。因此，當終於可以自己決定要不要繼續學英文後，我立刻開始逃避：不再記單字（舊的也順便忘一忘）、看國外影片時一定要看中文字幕、遇到外國人問路就逃走……等族繁不及備載的行為。

直到 2020 年 1 月，我受邀參加台灣婦產科內視鏡暨微創醫學會（TAMIG）舉辦的一場活動，情況才完全改觀。

那場演講相當特別。雖然辦在國內，但大會講者與聽眾，

有一半都是外國人。不僅如此，我尊敬的手術恩師們，不分國內外，全都坐在台下。我當然可以什麼都不管的講中文，但，內心對自己的期許不允許我這麼做。因此，決定了，這十五分鐘的短講，得講全英文！

為了那十五分鐘，我耗費了海量時間與巨量心力。除了拿出從未公開過的手術學習策略、講故事的技術、簡報的技術之外，在演講前查文句該怎麼講，真真切切是恥度破表的一段過程。

我終於被迫承認一件事：自己的英文程度，是不夠用的。如果我希望未來有更大的舞台，認識更多有趣的人，我的英文得更好才行。

還好，因為認命的投入與準備，在演講時，非但意外的進入心流狀態，聽眾們也無敵捧場的在該笑的地方笑、該思考的時候思考。演講結束後，我欽佩的老師們紛紛上前鼓勵。

"Your speech is so impressive!" 我的恩師，南韓三星醫學中心的婦產科教授 TJKim 如是說。聽到的當下爽度真的破表。

經歷此役，我終於克服過去太在意文法與口音的心魔，真正找回對英文的興趣。不過，成人的學習時間十分破碎，到底該怎麼做，才能真正的練好聽力與口說，且不那麼容易被挫折擊敗呢？

《英語自學王》這本書，是我接觸過最貼近凡人的學習指

引。作者 Michael 不但文筆幽默，每給一個學習建議，裡面就會有 QR Code 直接連結到外部資源，超有誠意的！

這本書裡提到的「縮小範圍，重覆聽讀，了然於胸，練到精通」是練聽力的起手式。推薦的英文對話書《Speak English like an American》，更讓我能快速習慣外國人真正的交談語速和發音，而不是刻意放慢的版本。

這種訓練開啟了我的英文耳。聽完二十五課（也才不過花了三十分鐘），我意外的發現自己能聽懂 Maroon 5 的情歌，連音再也不是問題。

Michael 在書中亦提到：要自己假設常用對話情境，不會講就去查，然後拿小本子記下母語說法，則是非常有效率的閒扯準備模式。我每次要跟外國人聊天前，都會這樣準備數個對方可能會有興趣的話題。不只增進英文水準，連社交技巧也順便提升了。實在是相見恨晚啊！

在這裡，我想對 Michael 說：

"You are my Karen and the best English teacher I've met ever! Thanks for everything you've done."

婦產科醫師、台灣婦產身心醫學會理事
魏君卉

充滿底氣的再版增訂序

親愛的讀者們好,相較於三年前出書時,那種野人獻曝的不確定感和羞怯,這次的**增訂序**,我心中無比篤定踏實。

這份篤定,不是來自於自己這三年來的進展,而是來自於讀者們、網友們、學員們,捎來的關於英語進步的好消息。簡單說,書中的這一個學習體系,是驗證有效的。

在寫這本書時,我的內心自我懷疑小劇場,每天都在上演:有人需要這本書嗎?這本書賣得動嗎?真的能幫上遇到困難的學習者嗎?

這些問題的答案,在三年後一一解開了。真的有人需要,真實有人因此書獲益,並且,也通過了市場的考驗,不只長賣了**八刷**,如今都要出**增訂版**了呢!

我自己的人生，也因為《英語自學王》的暢銷，發生了劇情超展開。讓我有機會，進到了許多企業、機關、學校，分享英語自學的心法與技法；登上了雜誌封面，在 7-11 就能看到自己；成為高雄廣播的節目主持人，進而意外完成了寫書的其中一個初衷——幫計程車運將大哥們，提升英語對話力，做國際的生意。

　　買書容易讀書難，讀書容易行動難。你手上的這本小書，改善了許多人的語言學習之路，不要只是把它帶回家，開始行動吧！你就是下一個英語自學王！

　　　　　　　走在稍微前面一點點的自學先行者

　　　　　　　Michael 錫懋

魯蛇與魯夫，
其實是同班同學

　　大家好，我是英語自學王的召集人 Michael。我不是英文自學王，你們才是，我只是比你們早些出發的先行者。

　　現在你們拿在手上的這部作品，是一本充滿誠意，也充滿野心的小書。我期盼這本書，能毫無保留地將我的經驗記錄下來，完整地傳遞給下一個英語自學王（沒錯，就是你！），更希望為所有英語學習受挫者，重新點燃夢想。我做得到，你也一定可以。

　　英文學習的教材成千上萬，為什麼是這本書？為什麼是我？看完我的自我介紹，你應該會有答案。

　　我是「英語自學王」課程的創辦講師，除了現在全職奶爸的身分，也是教學年資接近十五年的補教老師，兩家補習班的共同創辦人。我曾經到印度邊流浪、邊教書，甚至還因此登上了《常春藤解析英語》的雜誌封面故事。（有圖有真相喔！）

　　但那些都不重要。對你而言，我最重要的資歷是：**我曾是一個資深英文魯蛇，重度末期的那種**。我的大學聯考，英文只有二十分；大一必修英文，硬是重修了三次。我想在地上寫個慘字。

👆 我到印度邊流浪、邊教書的過程，甚至登上了《常春藤解析英語》的封面故事。

But，千萬不要小看魯蛇的 power ！

壞的老師，只能打打嘴砲；好的老師，帶你回到軌道。

只有成功脫魯的老師，能夠帶你步上偉大的航道！

　　因為我更知道你的痛點，知道在學習語言的路上，哪裡有噴火龍，哪裡有史前巨鱷。用我的辛酸血淚，帶你避開危險；用我的成功經驗，助你繼續向前。

　　現在，是語言自學者最幸福的時代，只要你有點搜尋技巧，堪稱一條網路線，千軍萬馬來相見。但是，最光明的年代，可能也是最黑暗的時代。網路資訊爆炸，資源多如茫茫大海，該如何**篩選適當優質的素材**，以及如何**使用素材的心法**，便成了自學者的「**核心能力**」。

在這網路英語自學的大時代，這本小書有兩個功能：一是**通往大祕寶的藏寶圖**，提供你需要的資源與心法；二是**尋寶過程的航海日誌**，用過來人的經驗，為你補充逐夢的燃料，往前探尋更美的風景。

熱血無極限的少年漫畫《海賊王》，有一段這樣的話：「你們知道這片海洋的盡頭，有著世界最珍貴的寶物嗎？前所未有的冒險正等著我們！」

英語學習，也很像《海賊王》這部至今仍在連載、似乎沒完沒了的漫畫，是一場**只有開始、沒有結束的旅程**。我也還在路上，但我可以告訴你，越往前走，景色越是華麗美好。

你不一定要變得很厲害才能開始，但你一定要開始才能變得很厲害。魯蛇是從何時開始脫魯的呢？從他踏上旅程那天，他就變成魯夫了。**只要你願意，你就是下一個英語自學王。**

請容許我在本書中，一律選擇用「**你**」，而非「**您**」，因為我想將大家視為夥伴，而不是花錢買書的顧客。既是夥伴，咱們就別說場面話，海賊一點吧！

我親愛的夥伴啊！這是一本在奶瓶與尿布的狹縫中，熬夜、早起奮力寫成的小書，雖然我的能力和知識都有限，但我真的可以無愧地說：「**我把自己都放進這本書了。**」

盼望這本「史上最歡樂」的英語自學指南，能幫助你在自學的路上，少走點冤枉路，多增加點樂趣。雖然我不是巨人的肩膀，但請踩著我的身體，跨過第一條小河，往大海的方向去吧！

你的自學夥伴

Michael 鄭錫懋

按圖施工，比較輕鬆

親愛的學習夥伴，我是奶爸麥克。若是你已經翻到這一頁，表示你的學習之旅，即將開始了。這本書，該怎麼讀？該怎麼用呢？請聽奶爸說明。

首先，是**閱讀速度**上的建議。這本書的寫作風格，非常口語化。我期待做到的是，你彷彿感覺我就在你的身邊，像個朋友一樣，熱切地想把經驗和你分享。所以，請不要用速讀的方式，這樣讀不出人情味來。**濃縮知識很苦，慢慢讀才會回甘。**

再來，我期待這是一本活的書，因此安排了許多影音連結與搜尋關鍵字，書中提供的 QR Code，都是嚴選的素材，這些挑選過的學習資源，可以省下你找路與迷路的時間，集中火力在優質學習標的上，請務必多加使用。

第三，本書章節的編排，在第一部分，刻意地由一排到十，除了是文青魂的堅持，也是建議的閱讀順序；第二部分，則是學習路上的小叮嚀，可不依章節跳著讀。

最後，邀請你拿出手機，用 LINE 掃描下頁的 QR Code，將「奶爸的行動英語教室」帳號加為好友，你就會接軌我所整理的網路資源。想要查找資源，只要在對話框中輸入數字 0，就會出

現目錄，再按需求輸入對應數字即可。（現在馬上試試看吧！）我仍然是個英語持續學習者，因此這個目錄，和 LINE@ 帳號內提供的嚴選內容，也會隨著我的進步，或者遇見更好的替代資源，而有所增減、更趨完善，盼望能陪著大家共同成長。

奶爸更期待，我們有機會在教室內相見。相信透過「英語自學王」工作坊，一天的學習與練習，你將**更有效率地掌握自學竅門**，順便感染奶爸爆棚的學習熱情。

學會英文，改變了我的人生，讓我贏回人生選擇權，遇見好機會，活出更好的自己。我相信，學會英文，你的人生，一定會比我的更精彩，且讓我伴你一程吧！出發！用你意志昂揚的姿態。

請用 LINE 加我為好友喔！

奶爸的行動英語教室

動機為王
Start with Why

「如果你要教孩子建造一艘帆船，不要教他們造船的方法，只要述說壯闊華麗的航海故事，有朝一日，他們就能造出史上最棒的船。」《小王子》作者安東尼・聖修伯里如此說。

奶爸則這樣說：「為什麼要去做，永遠比該如何做，重要一百倍。」"Why is always much more important than how." 因為，**環境可以創造，技巧能夠學習，動機卻無法外求。**

在我的教學生涯中，親眼所見的語言習得成功者，往往不是方法比較好的人，而是動機比較強大的人。這一個 why，決定了你**願意付出的代價**，也決定了你**能走多遠**。因此，在擬定自學計畫前，最重要的一個問題便是：「我為什麼要學英文？」（剩下的 how，這本書，以及無數本學習方法著作，都能提供給你方向。）

無論你在幾歲時，英文開始崩壞（比方我從國三開始，英文就沒有好過），這一次，是什麼樣的**動機**（motivation），或者說目的、出發點、願景、初心，使你決定要重拾書本，跟英文玩真的呢？

我在「英語自學王」的工作坊中，遭遇過形形色色的學員，

其中有幾個學員的動機，令我留下了深刻的印象。

有個阿嬤級的學員，她學習英文的動機是：「我的孫子們在美國當小留學生，我希望能**以身作則**，讓他們覺得阿嬤也很認真。」

有說著一口漂亮台語的老媽媽，她異國戀情修成正果的女兒，即將嫁到美國了，外國親家邀請她和先生，到美國參加婚禮，並且好好招待他們。她學習動機是：「趁去美國前，多學幾句感謝和稱讚的英語，咱台灣人千萬**袂當失禮**。」（正港台語氣口）

甚至還有教會的師母，正在進行一打四的在家教育（我的天啊！到底怎麼辦到的？我一打二就歪腰了也），她想要學習更有效率的語言自學法，並且帶回家用在孩子身上，動機強大無比！

那奶爸自己呢？當時又是為了什麼動機決心脫魯，以至於真能突破重圍呢？因為，我有個**很巨大的 why**。

首先，是我的數學不夠好。蛤？這是什麼鬼理由？

我是認真的，請聽我細細說來。

我不只是英文魯蛇，我是魯一整組的，我的數學更是小嫩嫩。大一英文重修三次算什麼？我的大一微積分，硬是修了六次！六次！六次！我為了這一個科目，大學延畢，讀了六年才畢業。

延畢的那兩年，為了減輕家計負擔，我開始在補習班打工，擔任班導師，負責改考卷、管秩序、輔導學生、清掃環境。偶然的機會下，我獲得了試教的機會，老闆問我：「你讀商學院的，數學應該不錯吧？有個國小班，要不要試教看看？」由於我的一切學科，都是在國二才開始掉漆，因此我想了兩秒，就答應了。

（跟掃廁所、改考卷、扛貨相比，教學感覺更有未來性嘛！）

　　我有相聲社的表演經驗當底子，再加上知道數學不好是什麼樣的心情（當時，我正重修著微積分，誰能比我更懂＞﹏＜），很快的我就成為一個小有舞台魅力，並且能幫助學生進步的老師。

　　我的補教人生，終於稍稍站穩腳步，下午獨立教國小數學班，晚上當班導師，順便跟著師傅，學習如何教國中數學。不過，我的教學生涯在第二年，就遇上撞牆期了。

　　那座高山，是我當班導師時，帶到的資優女學生。那年她國三，開始學三角形的幾何證明（就是什麼內心、重心、外心、傷心的那段）。為了要輔導這班的學生，我回家常常要自己惡補數學，很多題目都是我要想破頭才能解。而這個天生神力的孩子，往往能在課前小考時，只花十秒，而且不用計算過程，就把答案解出來了。（後來，她也的確一路優秀下去，如今已經台大法律系畢業了。）

　　我非常感謝她，讓我在職業生涯的初期，就體認到，如果我要繼續教數學，我一定會是個很平庸的老師，我完全沒有她的直覺和天分。可是，我真的很享受教書這件事，如果我要以此為業，我勢必需要改變教學的科目。

　　另外一個，我決定不再教數學的原因，是到了國二上學期，乘法公式、因式分解進來後，一個班級的學生，基本上就被分成兩群：**真的聽得懂的**，以及**假裝聽得懂的**。（親愛的，你是屬於那一群呢？）

　　純數學的領域，真的需要些聰慧和天分，我又不是一個夠好的數學老師，能夠把裝懂的變成聽懂的。我無法忍受自己站在台

上，卻無法救民於水火的無奈。這些孩子臉上掙扎的表情，成了我決心轉換教學科目的關鍵觸發點。

不教數學，那教什麼呢？我最強的科目其實是國文，大學聯考將近九十分，但是鄉下地方沒有市場，怎麼辦？「不然來教英文好了！」這個天外飛來一筆的想法，竟成了職涯最重要的決定。

人家學英文是為了**求職**，我學英文是為了**求生**，動機是不是巨大許多？這個巨大的 why，就帶領著我，開始了一段上班教數學，下班自學英文的精實歲月。

我給自己一年的期限，因為我只剩下一年，大六再不畢業，就要被勒令退學了。而且，畢業後馬上面臨服兵役的問題，無論如何，我就只剩這一年了。

這一年，我幾乎是把自己泡在英文裡了。看的電影是英文，讀的文章是英文，聽的歌曲是英文，連休閒娛樂，都是跟補習班的外國同事，一起到燒烤店喝啤酒、學英文。酒量、單字量、體脂肪含量，都在這一年裡，頭也不回地同步增長。

這一年裡，我做對了幾件事，使得我成功習得了第二語言，方法都完整地記錄在本書中，你可以照著建議，循序練習。但是，更重要的，是那個驅動我、驅動你的**動機**。

在本書的開頭，我也試著和你分享一個壯闊華麗的航海故事，為的是點燃你內在的渴望，讓你看見可能性，盼望你**找到屬於你自己的動機**，然後揚帆遠航。

我花了一年學成，改變了人生的航道。
希望你也給自己一年，為夢想出征吧！

英語自學的
十個關鍵認知

一字記之曰心
Painstaking

有了明確而強大的動機，接著我們談英語學習者的心態設定（mindset）。對我而言，如果要選一個字，來代表語言學習者最重要的素質，我會選擇「刻意」這個字，英文是 painstaking。

刻意學，刻意說，刻意使用，刻意練習。

Painstaking，你看這是一個多美的字。pain 是痛苦，take 是承受、接受，中間再加上個 s，表示很多很多。**「刻意」是為了完成目標，願意承受很多痛苦。**

經典勵志書籍《自勵的勇氣》（Self-Help）的作者，被譽為「卡內基精神導師」的山姆爾·史邁爾斯（Samuel Smiles），曾在書中這樣說 "Excellence in art, as in everything else, can only be achieved by dint of painstaking labour."（卓越的藝術成就，一如其他領域的巔峰，只有透過刻意的努力才能實現。）

「沒有人是天生的，大家都是媽生的。」米開朗基羅，曾是需要拜師學藝的學徒；莎士比亞，也是從 ABCD 開始，一個字一個字，慢慢學習；麥可·喬登，更是從高中校隊的二軍打起。差別是，在成為大師的路上，他們**刻意付出的努力**。

關於刻意練習，後面的章節，會繼續提到實際的作法。我想先用一個親身的經驗，來說明這個概念。

奶爸是個籃球愛好者（很愛打，卻不是很會打的那種），年輕時的假日午後，幾乎都是在籃球場上度過的。一如每個籃球

場，都有個不敗的傳說，我們田中小鎮的球場統治者，是一個年輕的郵差先生。他的中距離跳投，又快又準，是個無解的殺招。印象所及，我此生（無論我的隊友有多強）好像還不曾贏過有他的球隊。

有次，我終於忍不住問他，要怎麼練，才能像他一樣準。他給我的答案，讓我茅塞頓開，也使我的英語學習技巧，更上一層樓。（咦？怎麼不是投籃變準？）

他說：「你們年輕人練投籃，都太沒目標了。投半個小時，就當熱身兼找球感，對不對？」

「對啊！不然要怎樣練習？」我說。

他回答道：「與其沒目標的瞎投半個小時，我每天設定的練習目標是：連續投進中距離十球，完成三次，要連續投中十球才算一次喔！這樣才能專注地維持投籃的姿勢與力道。然後，我每天會練習投中三十個三分球，不是投三十球，是進三十球。」

我們是投心安的，他是帶著目標、有效率地刻意練習，會從小被他一路慘電，不是剛好而已嗎？

因此，我鼓勵你成為一個「刻意的學習者」，把郵差球王的練習方法，套用到英語學習上。**由動機出發，帶著你的目標，完成特定的練習活動，開始這場刻意學習之旅。**

從重拾書本，到自學英語成功，這條路上的高低蜿蜒，我先描述給你聽，帶你鳥瞰全貌、心裡有底。你大致會經歷這幾個時期：

Stage1 興趣萌發期

在這個階段，除非你有很好的老師，帶著你入門學習，否則

我超級不建議從背單字、啃文法書開始。因為，這兩個大魔王輕易就能殺死，你好不容易重新燃起的興趣。

我**不是**鼓吹免背單字、免學文法的快樂學習派。文法和單字都很重要，但是要從中獲得樂趣和成就感，都需要很長的一段時間，很多人都是還沒撐到感覺有趣，就又把學英文的熱情放下了。（呃……有講到你嗎？同學。）

想一個問題就好。如果你是籃球教練，要把一群素人小朋友，調教成優秀的籃球選手，最直接的作法是什麼？當然是基本動作要練熟、戰術走位要熟悉，很合理嘛！然後，你就開始操練他們的基本動作，講解什麼叫 "Give and go."，什麼叫 "Pick and roll." 認真的你，甚至把戰術板都拿出來畫了。

猜猜看，下次上課，會有多少人缺席？櫻木花道在場邊練基本運球，說有多悶就有多悶啊！教練想的都對，但是時候不對。第一堂課，簡單講完規則和示範動作後，最好的教法，就是直接三對三鬥牛，讓孩子們直接面對籃球，並且從中獲得樂趣。

所以，第一階段，請善用**好奇心**和**遊戲性**，**降低難度**，**直接面對**英文，把重點放在取得第一次的小勝利。我們的心理機制，非常需要這個小勝利帶來的確定感：「原來，巨人是推得動的！」你的心裡若響起了這樣的自我對話，基本上第一階段就達標了。

你可以做的練習會像是，找一本簡單的兒童小書，比方說《神奇樹屋》（Magic Tree House）系列的任何一本，把它讀懂讀熟，查到整本都沒有不懂的單字為止。

Stage2 認真奮戰期

經過了第一階段的小試身手，有了贏的經驗，一個自學者就有可能往下一個階段前進。在第二階段，學習的難度會有所提升，**每日投入學習的時間也需拉長**。相較於第一階段的邊玩邊學，這個階段的激勵因子，是那些辛苦努力帶來的果實，這些成果將成為自我激勵的養分。

再用籃球來當例子，什麼時候孩子們會開始願意練習基本動作？通常是在三對三鬥牛中，打出興趣後，想要變得更強，開始自發性的練習。在任何一個球場，你都能找到在熱得半死的夏日午後，提早到場練習投籃、運球的幾個小夥子，不是嗎？

投籃變準是有爽感的，英文變強也是。

Stage3 全心投入期

當你能夠付出時間、精神的代價，開始有強度的學習，你一定會察覺你的進步。比方說文章閱讀的速度加快了，不懂的單字變少了；在看英文影片時，有越來越多學過的用語跳了出來；甚至，你在字幕都還沒有跑出來之前，因為聽懂了美式幽默的梗，變成整個電影院第一個笑出來的人。相信我，這真的是非常有感的舒爽！

然後，伴隨著這個爽度，我們要邁向第三個階段——全心投入期。這段時期，隨著難度的提升，非常需要自學者的**心智紀律與自我要求**，因為你已經來到了高原，與你比肩的同行者越來愈少，往下的每一步，都是向自我的挑戰。

關於心智紀律，NBA 湖人隊傳奇巨星，以球員、教練或經理的身分，都擁有傑出成就的傑瑞・威斯特（Jerry West），用

這段話來詮釋，我覺得最貼切易懂。"You can't get much done in life if you only work on the days when you feel good."（如果你只在感覺有 fu 時努力，你人生不會有太多成就。）**不管有沒有 fu，都忠心地完成每天的行動計畫**，就是自學者最需要的強大心智紀律。

這個階段的激勵因子，是在實戰中（真實對話的應用中），**感受到技能習得的喜悅**。你終於勝過 90% 的台灣同胞，成為可以開口說英文，在生活中使用第二語言的一分子。

一開始練個基本運球，就靠腰到不要不要的櫻木花道，在全國大賽前的二萬球投籃特訓，為什麼投得下去？因為**輸過**，所以知道有多痛；也因為**贏過**，知道勝利有多甜美。（好，我知道你還想說，是因為有赤木晴子啦！）

Stage4 登峰摘星期

這本書，只能陪你到第三階段，因為第四階段的路徑，是一條僅能通過一人的小徑，每個人都將走出一條屬於自己的風景。

一般人走到第三階段，足矣足矣。如果你是萬中選一的練武奇才，那就繼續往下走吧！讓學英文，變成是一生的習慣與享受，不斷地攀越這座高山。或許，我們會在某個山徑相逢，那時，歡迎你跟我打聲招呼，然後，**請超越我**。

那樣，這本小書，就算真正發揮它的價值了。

二條歧異道路
Narrow Listening

「你學英文學多久了？」

對台灣人而言，這是個很難為情的問題。奶爸這一輩的大專生，從小學五年級的正音班開始，歷經國中、高中，一路到大一必修英文，共計九年；如果是更年輕的世代，平均則可以到十二年。

這麼長的學習期間，卻有超過八成的受訪民眾（104 人力銀行調查），自評英文程度不及高中程度，到底問題出在哪裡？**有沒有一條不同的路線可走？**

我先說一個真實的故事，再來回答這個問題。我在印度流浪、教書、找自己的那段日子，遇到了許多來自歐洲，非英語系國家的旅人。旅人們萍水相逢，又各自有不同的母語，要能夠彼此溝通，大家都很認分地使用英文。

在印度和歐洲朋友用英文聊天，真的會有種自己英文很好的錯覺，他們用的詞彙相當簡單，而且語速平穩，幾乎沒有聽力上的難度。我往下想深一點，這些歐洲的年輕背包客，他們使用的字彙量，絕對不高過台灣的高中生。但是，他們卻能**用有限的單字，自在地侃侃而談**，這引發了我極大的好奇。

我問了其中幾個朋友他們的英文是怎麼學的，有去上過語言補習班嗎？一致的答案都是：「不，你開玩笑嗎？為了語言上補習班？學校就有閱讀課了啊！常常讀些故事書，就慢慢會了呀！」

我們背了很多，卻說不出口；他們會的較少，卻用得很好。台灣與歐洲的學習差異，完全符合了語言習得理論巨擘——史帝芬‧克拉申（Stephen Krashen）提出的「**習得——學習假說**」。

克拉申博士認為，人類的語言發展有兩種途徑：第一種是「**學習**」（learning），特色是反覆練習、記憶，有意識地認知第二語言的語法規則，而加以應用。例如傳統語言教學的文法課、單字課，為了考試通過而設計的課程。

第二種則是「**習得**」（acquisition），其特色是傾向於直覺性，在自然的溝通情境中，下意識習得語言，像是孩子學習母語的過程。透過**可理解的輸入**及**實際溝通**的目的，實際使用語言，來增進該語言的流利度。

克拉申認為「習得」才是學語言的王道。好消息是，他主張**無論孩童或成人，都具備了語言習得的潛能**。

★兩條路：晴天霹靂 or 風和日麗？！

同學，如果你心中還是有壯士斷腕的決心，想要用傳統背單字的方法，攻克英文這座高山，這裡還有些數據，希望可以勸退你，「歹路不通行」（請自動腦補洪榮宏的台語歌氣口）。

在二〇一〇年，哈佛大學和 Google，合作了一項研究，想統計出在當時，英文世界裡有多少單字。跑出的數據相當驚人，竟然高達 **1,022,000** 個（時至今日當然又增加了）。先別慌，深呼吸一下，在這一百萬個字中，有大約四十萬字，只存在於古老文本中，幾乎已經沒有人在使用。

於是我們來到了的第二個關鍵數字。在一九八九年，一部

舉世聞名的辭典出版了，《牛津英語辭典》（Oxford English dictionary 2nd）這部獻給英國女皇的詞典（Dedication to Her Majesty the Queen），全套 **20** 本，共計 **21,728** 頁，收錄詞條 **616,500** 個，而已。

別擔心，在這六十多萬個字詞裡，有四十多萬屬於冷僻的高級詞彙，連母語使用者都鮮少使用，絕對不用背，遇到算你衰，認命就好。扣掉這些生冷單字，我們就來到了第三個關鍵數字，現代人生活中的用字（words in current use），「僅僅」只剩 **171,476** 字而已。

171,476 字是什麼概念呢？只要有耐心，連除夕夜都不放鬆，每天熟背 10 個單字，「只要」約莫 **47** 年，就能夠全部背完囉！Yeah! 撒花轉圈圈。（這段是**反諷法**喔！愛惜生命，請遠離死背單字。）

想靠著死記硬背，學英文就是條晴天霹靂的道路。

來來來，奶爸報一條風和日麗的道路給你。

我們先從調整心理設定（mindset）開始。在我還沒開竅之前，我對英文的 mindset 是 "English is a foreign **language**." 英文是外國語言，既然是個語言，我們就該好好研究、分析、記憶，走的就是克拉申博士所言 "learning"（或者說 "studying"）的路線。這條路我走了十多年，一路走來跌跌撞撞、傷痕累累。

直到我從《聖經》上，讀到了這段話：「祂從一本造出萬族的人，住在全地上。」（〈使徒行傳〉17 章 26 節），我就突然頓悟了。對啊！無論紅黃黑白棕，我們都是同一種人，有著同樣的喜怒哀樂，我們只是**用了不同的聲音來表達**自己而已。

從那時候起，我的 mindset 就變成了 "English is a different

voice." 英文只是個**不同的聲音**，既然只是個聲音，那我只要**重覆、模仿、練習**，就會越來越能掌握！我誤打誤撞，就進入了克拉申博士提倡的**習得**（acquisition）路線中。

接下來的問題是，我該選擇那些素材來重覆、模仿、練習呢？

我的靈感還是來自《聖經》，〈馬太福音〉談到進天國：「那門是窄的，路是小的，找著的人也少。」奶爸也說：「進英語的國，那門是窄的，路是小的，但是**並不難找**。」為什麼是「窄的」呢？因為奶爸自學成功的理論基礎，就是用克拉申的**「狹窄的聽」**（narrow listening）。

克拉申博士的論文引言

Narrow listening，是個低技術難度、經濟實惠，並能輕鬆獲得「可理解的輸入」（comprehensive input）」的語言習得技術。

Krashen 論文 pdf 檔
https://goo.gl/oHEa5U

「狹窄的聽」簡單來說，就是**以少為多**。在語言自學初期，專注在**特定、少量**的聲音素材（所以經濟實惠），**重覆、大量**的聽（低技術難度），詞彙難度**僅稍高於**學習者字彙量的內容。大部分能聽懂，才叫「可理解的輸入」，請不要第一次就挑戰 CNN、BBC。

我雖資質駑鈍，但抓住了這個方法，把同一卷錄音帶（是的，是錄音帶），花了四十天，聽了八十次。然後，神奇的事情就發生了，我的耳朵開始能抓到英文，而且，開始有些字句，能

脫口而出了。

　　「要能夠說，先大量聽；要能夠寫，先大量讀。」這段話，大概是所有的英文老師都能認同的，但是我想再加上幾個字，會更加地貼近我的語言習得經驗。「要能夠說，先**重覆**大量聽，**難度適中**的素材；要能夠寫，先**重覆**大量讀，你**喜歡**的作者其中一部作品。」

　　縮小範圍，重覆聽讀，了然於胸，練到精通。

　　這十六個字，是 narrow listening 的精髓，也是一條風和日麗的道路。我花了四十天熬出頭，贏得了第一場小勝利，邀請你也按照這個原則，開始你的刻意練習。

聽力素材推薦

　　關於「**狹窄的聽**」、「**有目標的刻意練習**」的素材選擇，我個人有屬意的推薦教材，是由書林出版社代理出版的《說一口道地生活美語》（Speak English Like an American）。若你信任我的推薦，請買一本當作「可理解的輸入」素材。（利益揭露：奶爸我本人，除了你的感謝以外，不會因為推薦這本書，獲得任何實質的利益，我是推真心的。）

　　為了方便你學習，我甚至為這本書寫了課文英翻中，以及每一課的有趣用法，一天寫一課，足足熬了我二十五天的夜啊！

　　只要在「奶爸的行動英語教室」的 LINE@ 帳號中，在對話框輸入 "day1"，就會出現第一課的英翻中及有趣用法。（依此類推，day2、day3……直到 day25，來，現在馬上試試看！）

　　為什麼推薦這本書，有幾個原因：

1. 是屬於**對話體裁**，而非文章朗讀，可以現學現用。
2. 是**正常語速**錄製，而非刻意台灣學生慢下來的慢速英文。
3. 從一～二十五課，有如**連續劇的劇情**，提高往下繼續聽的動力。
4. 有趣的俚語用法，有畫面又好記，進而學習**美式幽默思維**。
5. 我**親自使用過**，也是「英語自學王」工作坊的推薦聽力素材。

　　你可以這樣使用這本書。按照 day1 ～ day25，逐日輸入收聽：

步驟 1：讀過英文課文及奶爸翻譯一次

步驟 2：讀完奶爸摘錄的有趣用法

步驟 3：開始聽課文，至少十次

　　不是隨意聽聽喔！你要循序完成這幾個目標：

A：眼球跟上聲音檔的速度

B：耳朵不看稿跟上聲音檔

C⁻：嘴巴**有看稿**跟上聲音檔

C⁺：嘴巴**不看稿**跟上聲音檔

（也就是第五章會提到的**有稿跟讀**與**無稿跟讀**）

　　如果在第一個二十五天，你僅能做到 A。

　　沒有問題，B 目標，下一輪再挑戰。

　　而我也鼓勵你，再聽多次一點，至少聽它三輪。

先有 A，再求 B，最後再挑戰目標 C⁻與 C⁺。

如果程度真的比較落後，請耐住性子，先聽完第一輪。

聽不懂也沒關係，你的**行動目標**很簡單──專心至少聽十次。

就算沒有練到耳朵，至少也**養成了每天花時間聽英文的習慣**。

連續六天，第七天休息。（這部分第六章會說明）

如此聽完一輪後，第二輪再開始查單字，挑戰 ABC 目標，聽到確認聽熟。（第一輪，請**不要、不要、不要查字典**，專注用耳朵聽就好，課文後的例句、每回的習題也請先跳過，專注在課文上。）

聽熟的確認標準為：**能成功地無稿跟讀**。

課文的難度不難，不過，要熟到能無稿跟讀，卻是很大的挑戰。但是，我強烈鼓勵你，讓自己專注在這套教材裡面，不要放棄。更不要以為，課文看懂，而且也聽過一輪了，就放下這套教材。

至少要能有稿跟讀（shadowing），才算有聽熟喔！想要真正達到英文脫口而出的程度，這樣折磨自己的過程，是絕對必要的。

ABC 目標都達成了，接下來的刻意練習是：每天連聽二十五篇一次（約需三十分鐘）。**這個階段就不用跟讀了，重點擺在大量聽熟悉的英文。**如能持續再聽一兩個月，你的耳朵會有一種**被打通了的感覺**。

這套教材什麼時候可以放下呢？當二十五課，你都能成功 shadowing，也每天聽完二十五課一輪，至少一個月（記得，每六天休息一天喔！），你就可以進入下個階段的自選教材學習。（當然你也可以選擇把課文後的例句弄懂、每回的習題完成啦！）

因著這二十五課的精熟練習，你已得到**英語自學的敲門磚**。

恭喜你，贏得了第一個挑戰。我以你為榮，你是英語自學王。

P.S　最後叮嚀：**請把本書看完，再開始進行這個練習**，還有很多重要的自學竅門在後面，要學請學整套喔！

聽力素材推薦

奶爸的行動英語教室
請用 LINE 加我好友喔！

說一口道地生活美語
https://goo.gl/qi3Kx6

三句游氏贈言
每天、不停、現在起

　　一代宗師葉問曾說：「我七歲學拳，四十之前，未見過高山，到第一次碰到，發現原來最難越過的，是生活。」奶爸覺得自己實在是蒙福之人，在人生的路上，處處有高山。這些高山，總是提醒了我，繼續往前走，更美的風景在前頭。

　　當兵的時候，放了十二天的連假，我展開了我的環島之旅，一時覺得自己實在是太了不起了，可以完成這壯舉。才爽沒多久，我就在阿里山上，遇見了正在環遊世界的英國夫妻 Nick 和 Emma，他們要花一整年環遊世界，我的環島當場弱掉了。遇見他們，除了讓我不敢囂張外，也埋下了日後印度壯遊的種子。

　　當我以為自己有些說故事的天分時，我遇見了火星爺爺，才知道什麼叫「把故事說到心坎裡」，什麼叫做「有溫度的故事」。

　　終於把英文學起來，也常常能夠結交外國朋友，開始有些志得意滿了，就在火車上，遇見了真正的**語言習得高山**。

　　這段故事的前後因由是這樣的。

　　我此生很少做什麼事情很成功過，到了二十四歲時，終於有件小小的成就——學會使用英文。我知道我不想失去這個能力，但是我遇到了一個繞不開的挑戰，我必須去當兵了。面對接近

兩年的役期，我怕好不容易建立起來的英文能力，會因著疏於練習，在這一年十個月的軍旅生涯中，一點一點慢慢流失，打回魯蛇原形。

為了不讓這事發生，我做了兩個決定，並且在這一年十個月內貫徹執行。第一個決定是，**把握任何空檔學英文**。我隨身帶著小筆記本，一有休息時間，就拿出來抄抄寫寫唸唸，維持對英文的敏銳度。連《莒光園地》的節目裡，賴世雄老師主持的〈柳營英語〉時間，我都卯起來抄筆記，癡狂程度讓同梯的兄弟都驚呆了。

第二個決定，則是利用放假、收假搭乘火車的時間，盡可能地**搭訕外國人**（不分男女老少喔！），我會從第一個車廂，走到最後一個車廂，直到看見了外國朋友，我才會在他旁邊，或坐或站停留下來，然後，見縫插針，開始聊起天來。

我家住彰化田中，卻在台南新兵訓練，新竹裝甲兵專業訓練，下部隊在高雄，三軍演習甚至去到了屏東駐紮。我每次的放假、收假，都要搭好久的火車，還好上帝賞臉，幾乎每次都能遇到外國人。（如何和外國人打開話匣子，請詳見第八章）

先講結論，徹底執行這兩個決定的結果，不但在服完兵役後，我的英文沒有退步，聽力和口說能力，甚至都比當兵之前更好，還無心插柳柳橙汁，順便磨出了隨機搭訕，和誰都能聊兩句的能力。

好了，前言鋪陳完，高山要出現了。（好長的前言啊！）

在某個放假返鄉的週末，在新竹往田中的通勤中，我按照往例從火車頭走到火車尾，可是卻找不到任何外國人。我稍候了幾站，再從火車尾走到火車頭，還是不見一人。稍稍感到失望的我，只好在台中站，找個空位坐下來。這樣的情形很少發生，我

心中有個直覺——**或許，今天會有不同的功課要學。**

　　果不其然，才一坐定位，就有一位滿臉風霜的老先生，隔著走道在我旁邊坐了下來。他坐下沒多久，馬上拿起了一本書來讀，還讀得搖頭晃腦、津津有味。這本書封面上的幾個字，抓住了我的注意力，是用簡體字書寫的《分子生物學》，由於老先生的外表，和他正在看的這本教科書，形成了強烈的對比（我真沒見過年紀這麼大的長者，讀這麼難的書啊！），這樣的一號人物，讓我忍不住開口打擾，和他聊起天來。

　　「伯伯，你在看的這本書，好像很專業ㄟ。」
　　（見縫插針的搭訕慣用起手勢。）
　　「還好啦！當作故事看，還挺有趣的呢！」
　　（拜託告訴我，是到底哪裡有趣了？）
　　「那我可以請問一下，為什麼是簡體版的呢？」
　　長者打開了包包，指了指裡面的藥袋，示意要我看看。
　　我完全無法理解，這跟簡體字有啥關係？然後他又開口了。
　　「我今天是來台中榮總回診的。這樣，明白了嗎？」
　　「蛤？！哩供蝦毀？我不明白。」
　　長者看我一臉狐疑，繼續解釋道：
　　「大陸的翻譯工作者多，同樣一本書，中國大陸翻譯及出版的速度，通常比我們快半年到一年。這可是本好書啊！」
　　聽完我更糊塗了，急著追問：
　　「可是，這個藥袋，跟簡體字有什麼關聯呢？」

長者不疾不徐地回答：「年輕人，你仔細看看我。」
我非常認真地把老先生上上下下看了一回。正要看第二
回時，他突然抬頭，用銳利的目光射向我，然後說：
「我生病了，孩子。你覺得，**這本書我還能等一年
嗎？**」

懂了，這下我全懂了。

那個從虛弱的面容中，投射出來的銳利眼神，滿滿都是戲，
完全震攝住了我，直至今日仍舊無法忘懷。我們雖然只是短暫的
相逢，但是那個眼神，馬上就確立了我們的師徒關係，我知道我
遇見高人了。

他繼續講到了**求真求知**，談到**時間的急迫性**，然後，談到了
他自己的工作，以及他正在學習的新語言。原來，他是退休的國
中生物老師，家住彰化，現在還開了個翻譯社。他給我看了他的
名片，上面寫著「社長　游汝謙」，還寫了八種他們公司能翻譯
的語言。

「哇！原來你的公司這麼大啊！能翻八種語言。」
我看著那上面的語言名稱，順勢的發問。
他神色自若地回答說：
「沒有很大啦！我是社長兼員工。大部分的語言，我都
可以自己翻。」
「八、八、八……八種？！」
（我已經不知道該怎麼做表情了。）

「還好啦！我現在正在學第九種。你想不想知道我的祕訣？」

他又打開了包包，作勢拿東西給我看，包包戲份好重。

「當然要，當然要啊！」

我好不容易才學會一種外語，怎麼可能錯過這個神人級的祕訣。

「我的祕訣就是這個！」邊說，游老先生一邊抽出了本法語字典。

「蛤？就這個？這書局都買得到啊！」我滿腹懷疑地問他。

重點來了，接下來他講的話，幾乎影響了我日後的自學旅程，直到如今，他說：

「這本字典只是工具啦！**真正的重點，是你的心志**。我送你三句話，你只要照著做，有朝一日你也可以成為一個 polyglot（多重語言習得者）。」

我已經等到望眼欲穿了，快講快講，彰化站快到了。

「這三句心訣就是：1. **每天學一點**，2. **不要停、不要停**，3. **現在就開始**。最重要的是，現在就開始。」

他話才說完，彰化站就到了。他留給我的最後一句話就是：「**年輕人，有空來彰化找我喔！**」

然後，就下車了。非常幽默地，沒有留下名片給我，除了名字以外，我沒有得到任何保持聯繫的方法。

我們此生的相逢，就僅僅只有那二十分鐘，但是游老先生對我的影響，可以說持續到了現在。因為在這段短短的時間裡，他**用整個人**，**示範了這三句話**，讓我看見一個**成功自學者的巨大背影**，並且，試著用一生來追趕，期許自己也能活出那樣的生命品質來。

我常常想起他，也試著就印象中的**翻譯社**地址，寄了一封長長的感謝信給他，但是一直都沒有消息。我每隔一段時間，就會Google 一下，看能不能找到他。直到幾年前，找到了一則二〇一〇年的網路新聞，才知道，原來，他早已經離世了。

我的感謝，他沒能收到，我能做的，就是把他傳遞給我的**游氏贈言**，再傳遞給你。依循著這簡單的三句話，我真的成了一個**終身學習**的人，步伐雖慢，我卻沒有一天停下腳步，走著走著，竟也走出了一條逆轉勝的職涯路。

盼望這三句心訣，也能成為你的自學指南。來，我們複習一次。

1. 每天學一點。
2. 不要停、不要停。
3. 現在就開始。

最重要的是，現在就開始。

四種食物為師
談美食、學美語

　　食物，不只能撫慰人心，還能隱含英語自學的智慧。那些過不去的關隘，我們且以這四種食物為師吧！

1・小碗麵，小目標小贏

　　岩手縣的盛岡市以麵食聞名日本，素有「麵都」之稱，其中又以冷麵、炸醬麵、碗子蕎麥麵（小碗麵）最負盛名，並稱「盛岡三大麵」。三大麵各有擁護者，難分高下，但如果以**挑戰性、趣味性**為指標的話，冠軍肯定是小碗麵，沒有懸念。

　　吃小碗蕎麥麵，就像參加一場趣味競賽，手捧麵盤的女侍應，節奏明快地將一碗一口分量的蕎麥麵，倒入挑戰者的黑碗中。當碗內一空，侍應會手腳俐落地再補一口，如此一碗一碗吃下去，侍應的吆喝加油聲及疊碗聲，開始在室內迴盪著，直至挑戰者蓋上碗蓋，宣告休戰為止。

　　在你食用完畢後，除了滿桌層疊的空碗，帶來的成就感，店家還會頒發一紙「碗數紀錄證明書」，若是真有本事拚超過一百碗，還能獲得紀念木牌一面，做為挑戰成功的獎勵。

　　這整件事，非常適合拿來**對比英語學習**。

　　「一碗一口」有種神奇的效果，值得語言學習者深思。

　　以百年名店「東家碗子蕎麥麵」的平均食用碗數來看，女生

約在三十～五十碗之間最多，男生則在六十～八十碗之間（最高紀錄為一九九六年創下的五百五十九碗）。小碗麵平均十五碗，等於正常一碗拉麵的麵量，也就是說，有許多女性不知不覺中，吃進了三碗拉麵，男性同胞更是海嗑了**五碗**。

到底怎麼辦到的？有幾個因素：首先，這個挑戰的每一關都很簡單，就是一口麵而已，人人都有能力完成。第二，在食用的過程中，不斷疊高的小碗，提供了即時的成就感回饋。第三，旁邊的女侍應，不斷幫你加油打氣，並且為你加快節奏。第四，無論你吃幾碗，店家都給你一張證書，你挑戰的是自己。最後，在平均食用碗數之上，還設了一個**有挑戰性，但有機會達成**的「百碗達成」紀念木牌，鼓勵你將極限再往上推。

奶爸小總結

> **簡單任務，即時回饋，鼓舞士氣，自我挑戰，攀登巔峰。**

這五個元素，使得吃小碗麵的食客，往往能超越自己的食量邊界，進入「大食無雙模式」。如果把它應用到英文學習呢？

鼓勵大家，將你的**學習目標**，切分成**小單位**，做成一個**check list**，做完就打勾，或貼一個貼紙，享受**過關集點**的快樂。比方說，可以將每天的學習目標，拆成如下：完成一小篇英文閱讀測驗＋背三個單字＋唱一首英文歌＋抄一句英文名人語錄（quotes）＋看一段五分鐘以內的中英字幕短片……，**每完成一個小項目就打勾**，集滿一百個勾，就**犒賞自己一下**。（比方喝杯咖啡、去給人家洗個頭之類的。）

每個小任務都不難完成，又不太會膩，這樣就容易持之以

恆。長久為之，必能看見進步的軌跡。不要「一次跑五千，休息十五天。」每天跑五百公尺，再逐步增加跑量，建立運動習慣如此，建立學習習慣亦然。

2・咖哩飯，明天會更好

你有沒有聽過這樣的說法？**隔夜的咖哩，是最好吃的。**奶爸親自到過印度，進過印度媽媽們的廚房偷學廚藝，回台灣至今，應該也煮了超過五十次咖哩，關於這個說法，我會舉雙手贊成。

印度家常咖哩（Indian homemade curry），除了有媽媽們滿滿的愛心，更是用**時光熬製的魔法**。

肉類被加熱時，肌肉組織會收縮，肉裡含有的肉汁會被擠壓出來，肉汁減少越多，肉質就會變緊變硬。所以在煎一塊品質夠好的牛排時，就要嚴控炙燒時間，讓肉質維持鮮嫩，並保留美味的肉汁。（英文叫做 "tender and juicy"）

咖哩，則是朝完全相反的方向烹調，燉到深處無怨尤。通常拿來做咖哩的肉品部位，都不是最好的部位，最軟嫩的部分，都拿去做牛排、豬排了。肉質不夠好，怎麼辦？我們用時間跟他換。

當熬煮的時間到位了，肌肉組織會在放涼後開始鬆化，就像是擰緊的海綿被放開一樣，此時咖哩中的香料風味就能滲進肉裡。鬆開的蛋白質不僅有利於水分再度重新分布，各種香料的風味也會因為滲透壓而進入肉裡。

再來是香料本身的特性。就像紅酒需要醒酒一樣，放置隔夜，香料本身的風味得以完全釋放，也會彼此漸漸調和，味道更

有一體感、更濃郁，熟成出更為圓潤的風味。

同理，學英文資質不夠好，怎麼辦？一樣用時間跟他換。奶爸的資質，就是一塊多筋又塞牙縫的邊角料，我花時間跟它換，用努力彌補實力，最終，也能熬成了一碗半筋半肉的牛肉湯。

這裡面藏著什麼**學習密碼**呢？

簡單濃縮成一句，叫做「**明天會更好**」。舉例來說，如果你真的買了我推薦的《說一口道地生活美語》（Speak English Like an American，書林出版），也認真地開始第一輪的學習，你一定會遇到兩個挑戰：第一，是教材的語速好快，眼睛、耳朵跟不上。第二，開始跟讀後，發現嘴巴不聽使喚，追不上所聽到的聲音。

怎麼辦？**請繼續聽下去，因為「明天會更好」。**

只要你忠心專注地聽，明天的你，一定會比今天的你更強大；下一輪的你，一定會比這一輪的更厲害。在你持續投入時間的過程中，你每一次的努力，就好像在熬煮你的大腦，時間到位了，你偉大的大腦，會開始建立突觸間的連結，有些看不見的東西，會像燉咖哩一樣，變得成熟、變得美好。

老美有句俚語叫「睡在上面」（Sleep on it.），遇到當下無法回答或解決的問題，他們就會把這句話搬出來，意思是「讓我回家想想，明天再說。」今天想不通透的問題，往往睡了一夜，明天就有些新的創意跑出來。**今天過不去的，就交給明天吧！**

肉很神奇，你可以快火炙燒，品嚐肉品的鮮嫩多汁；也可以慢火熬煮，享受它的入口即化。怎樣的肉最難吃呢？**燉到一半的肉，最難吃。半途而廢的學習，也最可惜。**既然上路了，就繼續往前吧！當不了神戶牛排，我們還是能當義大利名菜——米蘭紅酒燉牛膝。

3・跳跳糖，幽默感為王

火星爺爺在 TED 演講中，鼓勵大家要「跟沒有借東西」，若是在課堂上，火星爺爺會鼓勵大家發想：「糖果沒有什麼？糖果不能怎樣？」

通用食品公司的化學研究員 William Mitchell，想到的是「糖果不能爆炸」。這個可愛又頑皮的想法，帶著他一路研發，終於在一九五六年，研究成功並取得專利。一九七五年，這個「爆炸性」的商品，正式量產上市，成為許多人童年時魔幻又甜蜜的回憶。（奶爸小時候好愛好愛這味啊！）

跳跳糖像是「固態的汽水」，將二氧化碳「包覆」、「溶解」在糖果中。當我們吃進嘴裡，唾液接觸到跳跳糖後，便會快速融化，釋放出二氧化碳，形在舌頭上「嗶嗶啵啵」的新奇感受。

我們可以跟跳跳糖學些什麼？一句話：「**幽默感為王**」。

職涯菜鳥階段，我還在當國小數學老師的時候，老闆娘 Remy 老師，給了我兩個班級經營方向，首先要想辦法讓孩子喜歡我（關乎短期續班率），再來要讓孩子們成績真的進步（關乎長期留班率）。我突發奇想用了一個殺招——**笑話三明治**，一個

move 就 hold 住了全場，兩個願望一次滿足。

　　我從大學開始就有蒐集笑話的習慣，手頭上整理個了幾百個「用講的」也很好笑的笑話（有些笑話，只適合在書面用讀的，講出來會很冷，極度乾燥）。而且有段時間，我超喜歡抓著我的同學，練習講笑話給他們聽（實在是辛苦你們的耳朵了，俊堯、秉勳、彥彰）。我從沒想到，這些笑話蒐集與練習，會在課堂上派上這麼大的用場。

　　什麼叫做「笑話三明治」呢？就是我每講幾題數學，就會穿插一個笑話。當時我有個信念是，**幽默感是人類的各種智能中，位於非常高階的一種**，如果這些孩子聽得懂這些精心鋪陳、充滿機巧的笑話，那要聽懂高年級數學，根本是小菜一碟啦！

　　這個**充滿偏執的個人信念**，在我教他們的兩年間，完全驗證有效。對我而言，孩子不但留住了，人數還逐漸增加（我強烈懷疑，大部分是來聽笑話的 XD）；對孩子而言，他們真的都進步了。我接這個班的時候，班級編號是 5D 班（五年級普通班），等我兩年教完，他們升上國中時，我整批交接給我妹妹（因為我要當兵了），他們的班級編號變成國一 A$^+$班（資優班）。有沒有聽笑話會提高智商的八卦！？

　　十多年的補教業生涯，「**有笑才有效**」就這樣成了我的**運課原則**，套用到英語學習亦然。為什麼在補教業中，幽默感扮演這麼重要的角色？因為送到我們手上的孩子，已經在學校上了八個小時的課，體力和精神其實都快被擠完了，我們的任務，就是要隨時抓回他們的專注力，並且適時提振精神。要做到這點，有趣的上課氛圍，就變得十分重要。

　　英文有句話這樣說 "Once you have them by their **funny bones**,

their **hearts** and **minds** will follow." Funny bones 不是真的骨頭,是位於我們手肘下方的一條筋,就是不小心撞到桌角,會讓你麻到升天的那條,台語也叫它「笑筋」。意思是,如果你有辦法使某人真心發笑,他的情感與理智,就會自然而然向你敞開。用奶爸的話來說就是:「**嘴角失守,心跟你走。**」

鼓勵你在自學英文的過程中,也要適時的加點**趣味的元素**,增加你的續航力。除了增加動力,幽默感在語言學習中,還有另一層的意義。

幽默感,接近語言的核心,能夠在第二語言中,抓到笑話的梗,並且笑得花枝亂顫,你就算是非常厲害的學習者了,因為能聽得懂美式幽默的笑話,就表示你能理解美語使用者的**思維模式**,以及背後的**文化習慣**。對很多老外而言,聽懂我的笑話,你就是自己人!

這些精心鋪排的笑話,就是**語言中的跳跳糖**,它充滿驚奇、讓人心神振奮。一起來讀笑話學英文吧!喜樂的心,乃是良藥呢!

建議從下面的網站入門,這個網站的笑話,有分初、中、高三個等級,遇到較難單字或片語,都會在右方補充英英解釋,而且比較難懂的笑話,下方還貼心的附有註釋,告訴你哪裡好笑,為什麼好笑。(對初學者而言,這真的很重要啊!)

下頁節錄一段與您分享。

(資料來源:www.laughandlearnenglish.com/jokes.html)

Easy Joke Ten

"What's his name?"

This joke is very short and very easy, but it shows how real mistakes can be made when speaking English. Enjoy!

Bob told Betty that he had (**1**) **an acquaintance** with (**2**) **a wooden** leg named Smith. So Betty asked him "That's very (**3**) **curious**. What was the name of his other leg?"

(1) somebody he knows, but not very well like a friend
(2) a fake leg (not real) - he must have lost his leg in a bad accident
(3) a little bit strange

Explanation : Bob should have said he had "an acquaintance named Smith with a wooden leg". The way he said it, it seems the wooden leg's name is Smith!

奶爸按照位置，為你翻譯一下。

初級笑話第十篇（難度分級）

「它叫什麼名字？」

這則笑話簡短又簡單，但它很貼切地展現了，在生活中講英語的時候，可能會犯下的錯誤。好好享受吧！（前言）

包伯告訴貝蒂，他認識的（1）**有個人**，有條（2）**木製的腿**，名叫史密斯。貝蒂問包伯說：「這太（3）**稀奇**了吧！那他的另一條腿，叫什麼名字呢？」

（1）知道卻不太熟的人，路人以上，友達未滿。
（2）義肢，他或許在嚴重的意外中，失去了他的腿。
（3）有點奇特、稀奇

（英英解釋）

註釋：包伯應當要說，他認識一個叫史密斯的人，有條木製的腿。但是他敘述的方式，聽起來像是那條木製的腿，名叫史密斯。（**笑點解釋**）

選這個「政治不正確」的笑話來舉例，是有風險的。會這樣做，是因為我還有話要說。

最高級的幽默是**自嘲**，所以禿頭者，可以講禿頭的笑話；奶爸則可以肆無忌憚地，大開胖子的笑話。比方說「我從來不為五斗米折腰，因為，我沒有腰。」「遇到困難我絕不低頭，因為會有雙下巴。」

選擇要講的笑話時，**聽眾的組成**和**自身的條件**，是一定要好好考慮的因素。上面這則笑話，自己看看，當作文字趣味是沒問題的。如果聽眾中，真有身體不便的朋友，講這個笑話，就是自己找架吵了。切記！切記！

以下附上，先前段落中所提到的連結。

跳跳糖，幽默感為王

跟沒有借東西
火星爺爺 TED 演講
https://goo.gl/f2sZAB

推薦笑話網站
附有解釋的笑話
https://goo.gl/2fu7AR

讀者文摘笑話
沒顏色的乾淨笑話
https://goo.gl/ApY6nq

4‧巧克力，巧妙克阻力

巧克力含有豐富的鎂、鉀、維他命 C 和可可鹼，可可鹼是天然的反鎮靜成分。因此，食用巧克力有提振精神，增強興奮等

功效。可可又含有苯乙胺，江湖間流傳，食之會讓人有戀愛的感覺。

巧克力依照甜度苦度的對比，由最甜到最苦，排序依次為：只含可可脂、不含可可粉的白巧克力；可可脂 10% 左右、乳質高於 12% 的牛奶巧克力；可可固型物 70% 以上的苦甜巧克力。最後是可可含量最高，幾乎不加糖，甚至帶著辛辣感的苦味巧克力（bitter chocolate）。

小朋友最愛的是白巧克力和牛奶巧克力，在成人世界中，接受度最高的則是苦甜巧克力。為什麼有這樣的差異呢？因為苦味，是人類最晚開發出的味覺鑑賞能力。

日本美食節目，也經常使用「**成人的滋味**」一詞，來形容一些小時候不敢吃，長大卻發現真是好好味，甚至變得難以割捨的食物。比方說秋刀魚的內臟、鹹蛋苦瓜、精釀啤酒，當然也延伸到了濃茶、黑咖啡，以及苦甜巧克力。這些「成人食物」的共同特色，就是它們**都帶著苦味**。

巧克力，也藏著一個學習密碼，那就是「**巧妙克阻力**」。學習絕對是苦澀的，我們學習第二語言時，就像回到小孩子的狀態，因此，最好的策略，就是要從白巧克力，一層一層往上吃，**慢慢學會欣賞苦味裡的回甘**。

苦味巧克力當然是最健康的，但試問有幾個小朋友能啃得下去，一入口的苦澀（學習阻力），會讓孩子馬上就把巧克力吐出來（放棄學習）。巧克力教我們的學習策略，叫做**漸進式加強**。

這個策略，與語言學家**克拉申博士**（Stephen Krashen）提出的「**i＋1 理論**」不謀而合。克拉申把「難度略高」的學習稱為「i＋1」，如果「i」指現有語言能力和語言外知識，「＋1」

則是我們將要學習的新知識或語言結構。從狀態「i」到「i＋1」的進步，是**透過「i＋1」難度的可理解輸入而獲得**。

「**透過『i＋1』難度的可理解輸入而獲得**」的白話解釋是：「請選擇大部分內容能夠聽懂的聲音檔，如果真的聽不懂，請選擇有中文**翻譯**文本的教材，看一次中文**翻譯**，聽一次聲音檔案。**要理解文意才能吸收累加**，等到內容都能掌握了，再慢慢增加難度。」

等到「i＋1」難度的內容都**熟習內化**後，原本的這個「i」值就變大了，你就可以**在已能掌握的內容之上**，再**繼續加上新的「1」**。持續這個循序漸進「＋1」的過程，你就會越來越強大，逐漸「**長大成人**」。

切記：「**熟了再往前，苦澀變香甜。**」

學習遇到困難時，別忘了再回到本章，複習一下，四種食物帶給我們的溫暖叮嚀喔！

奶爸小總結

小碗麵，小目標小贏。
咖哩飯，明天會更好。
跳跳糖，幽默感為王。
巧克力，巧妙克阻力。

五層學習效力
Living 最高級

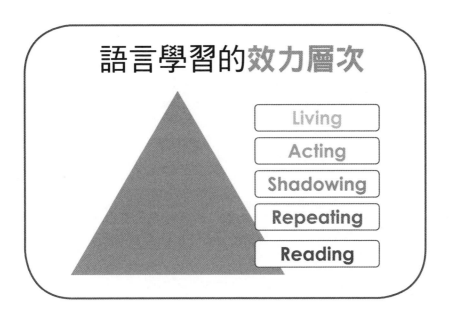

語言學習的效力層次

- Living
- Acting
- Shadowing
- Repeating
- Reading

　　這一個大章節，我們要談五個語言學習的效力層級，上圖是我自己揣摩出來的「**麥氏金字塔**」，我會從大家最為熟悉的，透過文章閱讀來學習，一路談到如何在生活中實際學習英文。每個小章節中，都有些注意事項，給你做學習時的參考。

1・第一層：閱讀的學習效力（Reading）

　　閱讀，是台灣學子最熟悉的學習模式。因為無論是國中、國

小的英文課，或是補習班的英文課程，只要它是個「課」，就一定會有「課本」，有課本師生就安心了，因為學生可以照著讀，老師也能依據課本，來設計因應的作業與考題。

但是，只要有課本，就會產生**進度**的問題。老師和學生，都被進度追著跑，有沒有學會先不管，有沒有教完比較重要。對我們在補習班的教學者來說，情勢更加慘烈，因為要**超前學校進度**，保留考前兩週來複習考試檢討、複習考試檢討……，以求學生能「每次考試都考一百分！」（謎之音：那要不要乾脆吃撒尿牛丸比較快？我吃了以後頭腦就靈光了很多，明顯地長高了，人也壯了，自信心都回到我身邊了！）

But，這個機制用來應試可以，用來習得語言，卻是不適當的。

教學現場會發生什麼事呢？每個星期到每兩個星期，我們就有新的單字和語法要學。這週，學習過去時態，兩星期後，進入現在完成式，幾個星期後，我們又開始了未來式的學習。

我的外師朋友常說 "That's insane." 這太瘋狂了！

短短的幾個星期內，連她也掌握不了過去式的使用，即使在幾個月內也很難完成。她說：「我的父母沒有試圖教會我，細微的文法差別。我只是一遍又一遍聽到過去式的時態，每天**數百次**，維持**好長一段時間**，直到過去時態的用法，**深植腦海**，我不需要再想文法，就能使用正確的時態來表達。」

對聰明的華人們來說，這也太浪費時間了吧！直接學文法不就得了。告訴我規則，告訴我怎樣叫錯誤，告訴我怎樣會扣分，我會小心翼翼背起來，然後考出好成績。然後，然後，考完我就還給老師了！

但我必須說，不是學校老師的錯，不是補習班的錯，更不是你的錯。這是考試至上的制度與文化造成的歷史共業，老師、學生都是受害者。

　　Son, don't hate the player, hate the game.

　　孩子，若不是環境所逼，我們也是千百個不願意啊！

　　我們習慣於拆解文章內的文法組成，而不是透過練習來建立語感，更遑論欣賞文章的美感，甚至進入文化層次的學習。

　　再來，我必須說，課本裡的課文，很多時候，是圍繞著教育部的課綱來編寫的，課綱中有這個文法，就寫一篇涵蓋此文法的課文。這樣寫出來的教材，專業度是絕對沒問題，但是被課綱限制的結果，文章總顯得刻意，而且不太像是真實世界中的英文。

　　過去，我們沒得選擇，現在沒有進度和考試壓力了，我們來讀些**夠好的文章**吧！這裡我說的夠好，不是難字很多、句子很長的那種，比方說《經濟學人》或《華爾街日報》之類的，而是**適合你程度的真英文**。

　　怎麼找到適合的程度呢？給你一個關鍵字：**英語分級讀物**。網路上隨便爬個文，你就可以找到**海量的讀物**（英文叫 tons of books）。

　　英文讀物的分級制，每個出版社都有自己的標準，沒有所謂最好的，若以個人偏好，我個人推薦《牛津閱讀樹》（Oxford Reading Tree）體系。為什麼？我稍稍解釋一下。

　　首先，是**分級有夠完整**，《牛津閱讀樹》等級共分十六個階段，從 stage1 到 stage16，一級一級讀上去，像是爬一棵大樹，這也是系列書名稱的由來。

　　第二，是**連皇室都按讚**，作者和繪者因為這套書，先後獲得

「大英帝國勳章」和牛津大學出版社授予的「傑出成就獎」。

第三，**故事內容多元**，從生活故事、冒險故事、科普故事、改編經典小說……，一應俱全，所以適合年齡特別廣，基本上三～十二歲都能找到適合的讀物。（這裡的十二歲，指的是十二歲的英國孩子喔！對台灣學生而言，是有些難度的喔！）

第四，**故事具連貫性**，主要圍繞三個孩子 Biff、Chip、Kipper 一家人展開故事。讀順了，就像看一部精彩的韓劇，看了一集追一集。

第五，**有梗有趣有料**，每本都有安插小朋友喜歡的「笑點」。它的內容大至奇幻冒險，小至家庭趣事，沙漠、外太空、叢林探險都在其中。

缺點，整套買好貴好貴啊！如果你家也有學齡前後的孩子，建議可以每個等級都投資個幾本，如果是成人自己要讀，請善用圖書館的免費資源喔！

重點來了，買書之前，一定要到圖書館，確認自己的程度喔！基本上我建議，先讀正文前**六頁**，如果**平均**一頁上有超過**六個單字**，是你需要查字典的字彙，那這個**級別**對你而言就太難了。你是來享受閱讀樂趣的，不是來背單字的。

另外一個推薦的入門讀本，會是 **Dr. Seuss** 的童書。如果說 "Oxford Reading Tree" 是英國分級讀本的航空母艦，Dr. Seuss 就是美國童書界的莎士比亞。

蘇斯博士是美國童書界的扛霸子，至今無人能取代（大概就是麥可・喬登之於 NBA，陳浩南之於銅鑼灣的概念）。代表作品有 "The cat in the hat"（翻拍電影《魔法靈貓》），"Horton Hears a Who!"（翻拍動畫《荷頓奇遇記》），"Green eggs and hams"……等等。

　　厲害的來了，他除了得一卡車童書獎、普立茲文學獎之外，還得過兩座奧斯卡獎、兩座艾美獎喔！可見他的作品在**文學性**和**娛樂性**兩端的平衡發展。

　　Dr. Seuss 的繪本，以其獨特的繪畫風格、**極具韻律性的語言**，以及**重複使用儘量少的詞彙**，來講述搞笑的故事而聞名。天馬行空的想像力，非常具娛樂性，很對兒童的胃口，連好萊塢也喜歡翻拍。

　　鼓勵你，**一生至少讀一本 Dr. Seuss**，感受他的創意和幽默，以及精心安排的押韻與節奏。

　　英國、美國的兩座兒少英文讀本高山，都介紹給你們了，英文閱讀曾經被打壞胃口的你，不妨砍掉重練，從這裡開始。

　　進入下一個小節之前，我想先解釋一個問題。為什麼閱讀的學習效力，被奶爸排在最下一層呢？不是因為它最不重要，而是在這一層級的學習裡，我們**投入的感官最少**。當我們透過**閱讀**學習時，參與學習的感官，大部分時間只有用到**眼睛**與**頭腦**，因此我將它排列在最下面一層，因為參與的感官，**會逐層疊加**上去。

　　有了這個前提，我們就可以進入第二層級的討論。

2・第二層：覆述的學習效力（Repeating）

　　在兒童美語的教室裡，我們經常利用覆述，來確認小朋友是否能正確發音，並幫助小朋友們複習，最常用的一句課室英語便是 "Repeat after me."（「來，跟我唸一遍。」）聽清楚了，再慢慢覆誦出來。

猜一下，和第一層的學習效力相比，哪一個感官加進來了？沒錯，答案就是耳朵和嘴巴（嚴格來說是唇、齒、舌、口腔肌肉和聲帶，以下統稱嘴巴）。在語言學習中，**越多元的感官投入，就能在腦海中留下越深刻的印象。**

　　有別於傳統在美語教室裡面，聽一句，馬上唸一句的repeating，我想介紹給你更有效益的覆述技巧：台灣大學的大神級外師史嘉琳教授，所提倡的 ECHO Method 回音聽力法，簡稱「回音大法」（「大」是我自己加的，為了向史教授致敬）。

　　傳統的「跟著唸」是如此運作的：老師（或是 CD）唸一句英語，學生聽完了，馬上跟著唸，但往往唸出來的和原音有明顯落差，結果就是很努力的瞎說一場。這背後的原因，就是因為**沒有刻意去聽**。用這樣的模式來覆述，往往看不出很明顯的進步。想要英文的聽說能力有所突破，真的有解方嗎？

　　有的，史嘉琳教授用她多年在台大教語音學的經驗，給了我們一個綜合式的答案：**「要善用心裡的『回音』！」**

　　想要英文的聽說能力有進展，史教授說，只要做到這兩件事即可。第一：向自己承諾，**每天花十分鐘訓練**你的英語聽力與發音，一年三百六十五天，風雨無阻（但每天不宜超過十分鐘，要不然容易倦怠）。第二：開始**刻意有意識的聆聽**，也就是使用「回音聽力法」來自主練習。

　　到底什麼是**回音聽力法**呢？就是聽到一句英文之後（注意，是一句而非一段），先**暫停片刻**（請善用暫停鈕），然後像在心中按下重播鍵，**在心中重現剛剛聽到的聲音**，最後再把這段「**心裡的回音**」模仿出來（盡可能，百分之百地唸出來）。

　　史嘉琳教授的實際執行方法，針對的是有些基礎的學生，

對於初學者，可能會有執行上的難度，在此提供**奶爸平民版的「回音練習法」**實行步驟，提供各位英語自學王參考。

Step 1

　　首先要找到適合模仿的音檔或影片。可以在 VoiceTube 上，搜尋你**感興趣**的影片。**一到三分鐘**長度，難度選**初級**，有**中英對照**字幕，會是理想的入門影片。

Step 2

　　不看影像與字幕，閉上眼睛，先把整個音檔聽過幾遍（五遍上下），熟悉內容與聲音。如果有的部分聽不太懂，沒關係，有個大概的印象就可以。

Step 3

　　現在，打開英文字幕，拿出筆記本，利用暫停鍵，把文章的**逐字稿謄寫下來**（如果你真的很魯，像奶爸當初一樣，請謄寫中英對照版），**不要直接列印喔！**這個謄寫的過程，也是重要的步驟，而且抄錄下來的本子，以後還可以當作傳家寶，告訴兒女們，老爸老媽以前有多認真 XD。

　　回頭仔細地讀一遍，不會的單字請記得查字典，並對照中文譯本，把整篇文章的文意、單字弄清楚，直到你對這個片段的腳本完全理解為止。

　　Step1 ～ Step3，是回音練習法的**前置作業**，不列入每天的十分鐘裡面。平均一個一分鐘的影片，你可能需要三十～六十分鐘，來完成前置作業。

Step 4

　　開始使用選擇的音檔或影片。先播放短短的一句話，然後再按暫停鍵；一次以一句為原則，片段太長會記不得。必要時，可以參考謄錄的文稿，不過請將注意力集中在「聽」上面，把說話者的聲音完全地聽清楚，要特別留意每一字的發音與重音，還有整個片段的音調與節奏。

　　大推 VoiceTube 的**單句重複功能**，你可以讓它重複三～四次，再進入到下一個步驟，請見左下圖示箭頭處。右下圖示為影片分類的選單，建議從分類中找到自己有興趣、難度適中的素材來練習。

Step 5

　　停一下！不要急著說。在聽完後，耳邊會留有一個和原聲一樣的聲音在心裡迴盪，這就是所謂的「回音」（餘音記憶 echoic memory）。要**留意地聽這個「回音」**。

奶爸小說明

> 　　要在腦海裡重現回音，其實沒有那麼難，比方說孫越叔叔的那句經典廣告對白：「好東西，要和好朋友分享！」伍佰的那句：「有青，才敢大聲！」或者是周杰倫的口頭禪：「唉唷，不錯喔！」即便時隔已久，他們的音質與聲線，總能深深刻畫在我們的餘音記憶裡，不是嗎？

Step 6

　　現在，要模仿所聽到的「回音」，**把自己當成最偉大的演員**（比方說，以模仿口音聞名李奧納多・狄卡皮歐，還有梅莉・史翠普），忘記自己是誰，不要用你習慣的發音來唸，要有意識地將你聽到的回音，盡可能**百分百模仿**出來。

Step 7

　　在耳邊重現回音不難，但是模仿卻是有難度的，因為我們的唇、齒、舌、口腔肌肉和聲帶，還沒能跟上。因此，我們要透過**多次的仿說**來練習。用同一句話，多次地重複 Step4 ～ Step6，直到講得很溜很溜，直到你不需要用大腦想，直到這個句子會自動地脫口而出，而且聽起來跟音檔的幾乎一模模一樣樣。（可使用手機任一款錄音 App，錄下自己的聲音，方便檢視。）

Step 8

一個句子完成後，就換下一句的片段，再重複 Step4 ～
Step7 的步驟，直到練習時間十分鐘到了，就可以結束。不用執
著要在一天內搞定一部影片，十分鐘為限，打完收工。一部短片
確實完成，再挑戰下一部，基本上**刻意練習個五～十部短片**，效
果應該勝過無意識地聽英語半年，你的「**嘴上功夫**」一定會有顯
著的進步。

你可能會問，聽完一句後，真的有必要在中間留空檔嗎？我
多聽幾次不是更好嗎？我每分鐘幾十萬上下啊！哪有時間這樣浪
費？

史嘉琳教授說：「實際上**那個空檔就是你新的學習計畫的
核心**。」當你聽到回音時，你聽到的是說話者百分之百正確的發
音，這是頭腦產生的高保真原聲帶！意思就是說，你已經把正
確的唸法內化了，剩下的，就是**發展出能重現這個高保真原聲的
「嘴」**（唇、齒、舌、口腔肌群的熟練配合）。

台灣的英語教育中，「聽力」的培養，占課堂時間的比重非
常有限，長久下來，單字雖然硬背了不少，但頭腦能**即時存取**的
「**優質音檔**」卻很有限，所以「說到用時方恨少，遇到老外先烙
跑。」是很多台灣鄉親的共同經驗。

別再烙跑了，每天投入十分鐘，進行回音法聽力練習，你的
頭腦會**慢慢地、紮實地**，積累出**正確、流利、好聽的英語聲音範
本**，你的「無意識頭腦」（unconscious brain）**會默默為你庫存
詞彙與句型**。當你需要時，就能自動地播放那些已經聽熟，與你
現況相對應的句子。

再補充兩個新手基礎入門版的練習。

　　如果整段式的影片，對你而言仍十分困難，你可從更基本的出發，從「**完美覆述單字**」開始，利用 Google 翻譯 App 或免費線上字典的發音功能，將你在閱讀英文篇章時，因為不懂而抄錄下來的單字，拿來做回音練習（真是一兼二顧，摸蜊仔兼洗褲啊！）。

　　每次輸入一個單字，直接聽音檔，**而非依靠音標來認讀發音**，用耳朵聽，再去模仿。盡可能地把所聽到的字的細節，原汁原味地模仿出來。這樣的練習，雖然對於口說、聽力，沒有直接的幫助，但是可以練到「**嘴**」，以及**模仿能力**，為完整版 Step1 ～ Step8 的回音法練習，**做先期的能力預備**。

 免費線上字典　　推薦兩款好用的免費線上字典，方便你隨身查閱使用。

Merriam-Webster Online
韋氏線上字典
https://goo.gl/3gua8F

Cambridge Dictionary
劍橋免費英語詞典
https://goo.gl/8TdGxT

　　第二個適合新手的練習是，找一首**節奏輕快**的歌，已有中文翻譯的歌詞為佳，將歌詞**抄下來**。唱到**歌詞、曲調、咬字、聲調**，都熟稔於心，可以琅琅上口，這也是一個練嘴的好方法。

當時奶爸狂練，至今仍然可以隨時 solo 一段的兩首歌是：James Blunt 的 "You're Beautiful" 以及 Daniel Powter 的 "Bad Day"。

你也可以練個兩首，隨時哼唱，不只是練英文，有機會去 KTV 時，還可以小露身手，增加江湖地位喔！

Bonus Tip 奶爸加碼好料
史嘉琳教授的台大開放課程

若是你對發音、語音學，有興趣更深入的了解，這是一堂和林依晨一樣，幾乎零負評的誠意課程。是座免費就能進入的寶山，歡迎你在本書學成之後，進入寶山，一探究竟。

台大開放課程

英語語音學一
http://goo.gl/DgcFSl

英語語音學二
http://goo.gl/gflEoS

3‧第三層：跟讀的學習效力（Shadowing）

現在，我們來談談第三層——跟讀（shadowing），這個被眾多語言習得者推崇的學習技巧（technique）。

關於學好英文，相信大家都聽過這樣的陳腔濫調（cliché）：「只要多聽、常用、多練習，英文一定會進步的。」這句話，大概跟減肥的時候聽到的：「少吃多運動，就會瘦啦！」一樣的惱人，白眼直接翻到後腦勺了。因為你知道，我知道，獨眼龍也知道，偏偏就是辦不到！

如果你身邊沒有外國人士，或者沒有好的語言學習環境，要怎樣才能透過「多聽、常用、多練習」，來學好英文呢？這時候「跟讀法」（shadowing technique）就派上用場了。

跟讀法，是一種**語言模仿技巧**，由美國知名學者亞歷山大‧阿奎爾斯（Alexander Argüelles）提出，在他成功習得了**三十八**種語言的過程中，這個技巧是他最常使用的一個。Shadow 原意為「影子」，望文生義，就有著「如影隨行」的意味，所以奶爸也愛將跟讀說成「影讀」。

跟讀和覆述（repeating）相比，並沒有增加投入的感官，但最大的不同在於，覆述是聽清楚了，停頓，再慢慢覆誦出來。**跟讀**，則更像是**動態的輸入輸出循環**，強調的是**聽與說的同步**，需要更強大的**專注力**。

不是聽完再重述，而是邊聽邊說，像影子一樣，「追趕」聽到的聲音，並且同步地說出來。就好像小朋友在玩模仿遊戲一樣，聽到什麼，就講什麼。以下為設計對白：

小丸子：「我們來玩扮家家酒，好嗎？」

小新：「我們來玩扮家家酒，好嗎？」

小丸子：「咦？！你為什麼要學我說話？」

小新：「咦？！你為什麼要學我說話？」

小丸子：「唉呦……討厭ㄋㄟ！」

小新：「唉呦……討厭ㄋㄟ！」（小屁孩正式上身）

小丸子：「哼！我不要玩了啦！我要告訴老師。」

小新：「哼！我不要玩了啦！我要告訴老師。」

小丸子：「我是宇宙無敵大豬頭！」（自以為使出殺手鐧）

小新：「對，你是宇宙無敵大豬頭！鵝呵呵呵呵呵！！！」

辣鄙小新再次獲勝，「低桃」小丸子掩面淚奔……

這樣的場景很熟悉吧？搞不好你小時候也玩過呢！

　　跟讀，其實很接近上面小朋友們的鬥嘴，只是加上了「**同步追趕聲音**」的概念。厲害的跟讀者，甚至能在說話者完成一句話時，幾乎也同步完成，就像影子一般**如影隨形**。

▲ 服用 Shadowing，到底有什麼神奇的療效呢？

1 強迫自己專注

　　傳統的聽力練習，往往是只用耳朵被動地聽，或者聽不到五分鐘，就手癢滑手機（摸摸良心，你剛剛是不是動了拿手機起來看的念頭？）。在進行 shadowing 的時候，必須**極度專心**才能完成，恰恰適合注意力不足的現代人。

2 說英文更流利

大腦到嘴巴，短短十五公分不到，卻卡住了多少「愛在心裡口難開」的台灣鄉親？其中甚至不乏大學畢業生、甚至研究生。深究原因，其中最大的癥結，其實是**大腦的轉速不夠快**。

以電腦硬體來比喻，許多人不是**硬碟裡面沒資料**，而是**CPU** 運轉不給力。國人平均有十二年的英文學習歷程，大腦中其實累積了不少詞彙量，但是由於**提取速度太慢**，以至於遇到外國人時，馬上變身「女神卡卡」，卡到深處無怨尤。

其實，只需每天安排一段時間，利用「跟讀法」**說英文**（注意不是**聽英文**喔！），熟悉英文的**語速**與**節奏**，大腦的轉速就能被訓練起來。這個**主動輸入、同步輸出**的過程，甚至能提升你的**英文語感**，說起英語就能更自然、流暢。

3 有效降低口音

每個第二語言學習者，都有口音，沒、有、例、外。

Why ？因為在母語習得的過程中，我們會養成特定的發音習慣。特定語系人士的母語背景，甚至會強大到，影響整個英語發音的**被理解度**。比方說，惡名昭彰的日式英文，就是被五十音的發音系統，深深影響。（或者，發音根本自成一格的印度英文，也堪稱一絕。）

如果你留意感覺一下，你會發現，我們在講中文和講英文時，我們唇齒口腔的發音位置，其實不太一樣。藉由 shadowing 的過程，可以訓練自己的**嘴部肌肉**更精準的發音，一次又一次**重複內容的聽讀**，可以成為**肌肉記憶**（muscle memory），有效提高你的**發音精準度**和**發聲速度**。

4 說得好，才能聽得更好

在前一點提到的口音問題，奶爸刻意用的字是「**降低**」，而非「**改善**」。因為根本沒有所謂的完美，或者標準口音，所以我們的目標不是成為一個完美口音者，而是成為**一個不被母語口音羈絆的良好溝通者**。

我們大可不必也不太可能，把英文說得像 native speaker 一樣。語言最主要的目的是**溝通**，如果你所說的英文已經可以和老外溝通，外國朋友臉上也沒有忍耐的表情的話，口音其實就已經不是你的溝通障礙了。

那麼，若不是為了完美口音，透過 shadowing 技巧，模仿英語母語人士的口音與連音習慣，目的是什麼？其實是在於**建立一個好的聽說循環——當我們刻意說得正確，就能夠聽到更清楚；當我們的聽力越來越進步，口說的信心也會越來越好**。

另外一提，口音**不是**英文學習最大的焦點。如果你要傳遞的信息，**夠巨大、夠重要**，就算你的口音很重，全世界一樣會豎起耳朵，專心聽你口裡吐出的一字一句。大前研一（Kenichi Ohmae）的口音，算是非常有「特色」的，但是當他對外發表演說時，總能 hold 住全場，讓大家全神貫注聽講，為什麼？因為人家是大前研一啊啊啊！

一句話：**如果你是 A 咖，口音很爛沒差。**

▲ 我躍躍欲試，實務上該怎麼做呢？

跟讀技巧，依照進行的難度與完成度，可分為「4 加 1」個

層級，說明如下：

1. 有稿逐步：看著稿，聽完一句英文，暫停，模仿影片唸一遍。
2. 有稿同步：看著稿，不暫停，跟著影片同步一起唸。
3. 無稿逐步：不看稿，聽完一句，暫停，模仿影片中的聲音唸一遍。
4. 無稿同步：不看稿，幾乎把台詞背起來，跟影片**同步**一起唸。
   （以「英語自學王」課程的定義，到這步，才叫成功跟讀喔！）
5. **外掛等級**：步行同步。戴著耳機，邊走路，能夠一邊同步出所聽的內容。強烈建議，找個安全的操場、公園，邊運動邊跟讀。

步行同步這招，是由跟讀技巧的祖師爺 Alexander Argüelles 自己常用的練習。他說，相較於坐在書桌前的演練，邊步行、邊跟讀（**注意，不是聽，是跟讀**），更能夠使正在學習的語言，**下意識地被大腦吸收進來**。

除了 Argüelles 的主觀經驗，步行同步也有學理根據。《紐約時報》引用了科學期刊《PLOS ONE》的新研究，義大利的研究人員招募了四十位略懂英文，想學習英語的大學生，並將他們均分成兩組。

一組依照傳統的方式學英語，乖乖坐著背單字；另一組一邊運動一邊學習，課程開始前二十分鐘，學生就開始騎自行車，十五分的教學時間內也繼續騎車。兩個組一同觀看投影幕上出現的單字及圖片，來學習新詞彙，學完會休息一下，然後做詞彙測驗。

受測學員在兩個月內進行了八次測試，每次測試，騎單車的

學生成績都比單純坐著背單字的學生好，他們對詞彙的記憶和理解也持續得較久。

課程結束一個月後，兩組返回實驗室做最後一輪測試，騎自行車的這組學生，明顯更能準確地記住話語和句子。研究結果顯示，學習期間的**身體活動改善了學習成果**，不僅能幫助記憶，還加深了語言學習者對使用新詞彙的掌握。

因此，如果對於某篇學習的內容，你已經熟習到了無稿同步的階段，不妨帶著你的耳機，到戶外走走吧！

▲跟讀法步驟拆解

Step 1　選擇素材

你要用來跟讀練習的素材，可以是附有**中英字幕**的電影、影集或網路短片，也可以是**附有 CD** 的雜誌，但**不建議**選擇難度過高的有聲書（audio book）。

篩選的原則為：A. 選擇**符合自己程度**的內容，不要選擇太難的素材，因為我們的目的是練習耳朵，而不是增加單字量。（「背」而不用的單字還不夠多嗎？）B. 選**自己有興趣**的題材，因為「跟讀」需要反覆練習，聽到有嘔吐感為止 XD，選擇自己喜歡的主題，才能比較甘願被折磨！

VoiceTube 是一個很適合挖素材的免費平台。你也可以在網站上挑選你想練習的**腔調**，不論是美國腔、英國腔或澳洲腔。除了口音你還可以選擇**主題**，例如 TED 演講、電影片段、熱門音樂、商業英文、旅遊英文、新聞英文的類型。影片都有分**程度**，分別是初級、中級跟高級，可以依自己程度選擇影片，最重要

的，**幾乎都有字幕可以輔助**，方便我們理解文本。

Step 2　理解文本

　　一定要從理解文本開始。這裡的理解，不是把每個單字查清楚，文法全弄懂。而是把中文、英文之間，**以句子為單位，做文意上的理解**。我是原始人，我會習慣將文本整理成 Word 檔，然後印出紙本來，方便我**做筆記**與**畫聽力重點**（這個階段的練習，就不用謄寫文本了）。我會一句一句對照一下，看看中文這樣講，英文會怎麼說。不細究文法，不逐字查單字，我會先把重點放在：**大量重複地聽，已能理解文意的聲音**。

　　如果你使用的是 VoiceTube 平台，大部分的初級難度影片，都有中英字幕可以切換，初步帶你大致了解影片的內容。若是文本中有**重複出現、並影響你理解文意的單字**，再透過內建的字典功能查詢即可。

Step 3　卯起來模仿

　　最後就是進入「跟讀」的階段，前面提到，跟讀的「**4 加 1**」個層級，建議同學們**逐級挑戰**，一關一關來完成。

　　在跟讀的過程中，請盡可能的模仿出所聽到的聲音，包括**抑揚頓挫、節奏、聲調、口音**，甚至是說話者的**聲音表情**。

　　當您到達無稿逐步後，建議您使用手機上的錄音 App（順手好用即可，或者習慣用錄音筆也行），錄下你自己的聲音，比對一下有哪些聲音，是自己還不太熟悉的，可以刻意加強一下。

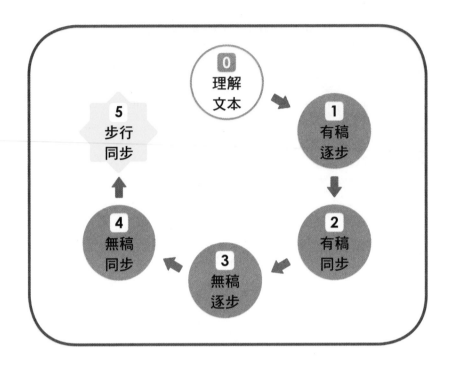

一段二～三分鐘的影片，可能要花個三十次的練習，才足以達到「無稿同步」的水平。表面上看起來耗時，但是任何你能做到「**無稿同步**」的聲音內容，都會成為你**存記在心、可供差遣的個人語句庫**，絕對值得你花時間來練習。

無論什麼素材，能跟讀才算是你的，不然都是老師的。

▲ 奶爸示範給你看

在我自學英文的過程中，常常選用運動廣告來當作跟讀的素材，特別是 NIKE 的廣告。原因是：廣告通常不長，文字精煉又

富有感染性，而且，通常選用的配音員，都有非常好聽的聲音。

　　以下選出一段，我個人非常喜愛的廣告，"Find your Greatness" 來做**選材原則示範**。選材原因：

1. 時間夠**短**，總長只有一分鐘。
2. 內容勵志，正能量爆棚，邊聽邊被激勵。（**題材我愛**）
3.Tom Hardy 迷人的口音，是**我想學習**的。（**個人動機**）
　（他優雅的倫敦腔＋個人魅力，據說聽完耳朵就懷孕了。）
4. 句子間，有明顯間隔，讓初學者容易跟上。（**難度適中**）
5. 奶爸已經翻好中文了，你不試試嗎？（**有中英對照**）

"Find your Greatness"（發現你的偉大） Tom Hardy

Greatness, it's just something we made up.

偉大，是我們捏造出來的概念。

Somehow we come to believe that greatness is a gift
reserved for a chosen few, for prodigies, for superstars,

不知怎麼的，我們開始相信，偉大是一種恩賜，

只為少數被選召的人存留，

那是給天賦異稟者、給超級巨星們的特權。

and the rest of us can only stand by watching.

其餘的我們，註定只能成為旁觀者。

You can forget that.

別被唬住了，

Greatness is not some rare DNA strand.

偉大不是稀有的基因，

It's not some precious thing.

更不是什麼鳳毛麟角般的事物。

Greatness is no more unique to us than breathing.

偉大，就像呼吸一樣平常。

We are all capable of it, all of us.

我們都有能力追求偉大，每、個、人。

FIND YOUR GREATNESS

發現你的偉大。

Find your Greatness

YouTube 播放連結
https://goo.gl/FAanfb

影片推薦：降低口音的三個建議

　　關於降低口音，這位老師講得精簡到位。如果你要練好發音，花幾分鐘聽她講是肯定值得的。加上她聲音裡的結奏和抑揚頓挫，是典型的美式英語結構，因此，更好的方法會是：直接把這段四分鐘的影片**拿來跟讀，用到極致**。

具體拆解作法如下：

1. 把文字檔複製到 Word，印出來，把其中的**字句讀清楚，中英文意對照著理解**過。
2. 開始聽這段影片三～五次，持續三～五天，直到熟悉聲音。
3. 開始跟讀，每次以三十秒左右為限，能**成功同步跟讀**一段，再**進行下一段**。每段可能需要一個晚上的學習時間，我覺得自己才能掌握住。（大約一小時）
4. 逐段跟讀完，我會進行最後一個練習，**把整段完全 shadow 出來**。

　　至此，任務就算完成了。這樣一段小小的影片，可能需要半個月的時間來學，是不是很驚人的耗時！？但是，惟有這樣做，才真正能把英語**存記到心裡**，變成自己的**語言資產**（language assets）。

　　P.S 她提到的三點中，第一點最重要。至於是什麼？奶爸賣個關子，就由您自己看下去囉！

想把英文講得跟美國人一樣？

VoiceTube 播放連結
https://goo.gl/Boqhc1

4．第四層：角色扮演的學習效力（Acting）

再來，我們進入第四個層級的學習，**向演員取經**。

我想先從一個因為長得太帥，而常常被忽略了演技與努力的演員談起。就是那位從小鮮肉演到變成東坡肉，終於以《神鬼獵人》（The Revenant）的休·格拉斯一角，奪得奧斯卡影帝的李奧納多·狄卡皮歐。

李奧納多是個認真的演員，他經常會為了所扮演的角色，調整自己的口音（accent）。最明顯的就是在《血鑽石》中南非走私掮客的角色，李奧納多為了詮釋這個角色，提早兩個月到非洲，學習南非白人特有的英語腔調（另有一說，他的口音更接近辛巴威的白人族群口音，也算符合角色的設定）。

我的一群南非外師朋友，當年看完了這部電影，一致的評價便是：「這傢伙太狂了，這就是那些掮客們的口音啊！」（This guy is savage. That's exactly how they talk.）

李奧納多，演什麼，像什麼，是語言學習者的榜樣。

當你在進行角色扮演的練習時，請**忘記**你是一位語言學習者，把自己當成要到好萊塢**參加試鏡遴選的演員**，盡全力把你的台詞、聲線、表情、肢體動作，詮釋到位，以至於你能夠爭取到你的演出機會。

為什麼要透過角色扮演來學英文呢？

因為角色扮演時，有更多感官，參與進來了。你的**肢體動作、臉部表情、聲音表情**，都投入在你的語言學習中，還記得

嗎？越多感官的投入，學習效果就越好。基本上可以歸納出這個公式：

肌肉記憶 × 情緒張力 × 演練次數＝長期牢記程度

三者的參數增加，都能夠提升語言的長期記憶程度。角色扮演，在**肌肉記憶**和**情緒張力**上，都有非常明確的強度。

關於肌肉記憶和情緒張力，我想先用一段教學經驗來說明。許多兒童美語的補習班，都有**全美語授課**的教學設定，這樣的課程，開課的第一堂課難度最高，因為整個班級的孩子，可能都沒有全美語學習的經驗。

那一個有經驗的老師，該如何破冰呢？答案是，親身示範，並且讓孩子用肢體的運動，投入課堂的學習中。比方說，第一堂課的教學目標，是最基礎的課室英文，"Stand up." 和 "Sit down."，如果不能用中文，你如何把全班教會呢？當然是**邊說，邊帶頭做**。

以下為真實案例：

奶爸：Hi, everyone. I am your teacher, Michael.
孩子們：哈哈哈哈哈哈哈……（沒人理我）_〈 〉
奶爸：Today, we are going to learn 2 phrases.

孩子們：哈哈哈……你是外國人嗎？（還是沒人理我）

奶爸：We will learn "Stand up." and "Sit down." today.

孩子們：聽不懂啦！你會不會說國語？哈哈哈……好
　　　　好笑喔！

（忍住想將他們滅口的衝動，擠出非常虛偽的笑容）

奶爸：That's alright. Let's do it together.

將一張空椅子搬上講桌，坐在椅子上，開始示範。

奶爸：I（右手摸著自己的胸口）stand up.（我馬上站起來）

孩子們：你看，他不知道在幹嘛ㄟ！

奶爸：Can you（伸出雙手朝向大家）stand up?
　　　　（雙手朝上指揮）

孩子們感受到我的邀請，但是還是搞不清楚指令，開始
安靜了些。我坐到椅子上，再次重複示範。

奶爸：I（右手摸著自己的胸口）stand up.（我馬上站起來）
　　　　Can you（伸出雙手朝向大家）stand up?

以上過程快轉五次，終於奇蹟發生了，第一個狀況內的
孩子出現，彷彿山頂洞人第一次發現了火，他看懂我的
意圖，跟著站起來了。

奶爸：Great!!!!!!!（用盡生命中最大的熱情來嘶喊）
　　　　Wow! You are so smart, you got it.
　　　　（表情極致浮誇）
　　　　Give me five!

我衝到他面前，一臉笑意地和他擊掌，其他孩子們，一臉驚奇，不知道老師在爽什麼，但是彷彿知道該怎麼做了。

我打鐵趁熱，趕快抓住這人類史上第一次出現的火光！

奶爸：I（右手摸著自己的胸口）stand up.（我馬上站起來）
　　　Can you（伸出雙手朝向大家）stand up?

有了第一個學生的示範，孩子們幾乎同時站起了。

奶爸：Great!!! Oh my God! You got it.

瘋狂繞教室一圈，和每一個孩子擊掌。

奶爸：Now!（大喊後，暫停五秒，讓教室歸於平靜）
　　　I（右手摸著胸口）sit down.（馬上坐下）
　　　Can you（伸出雙手朝向大家）sit down?

這次不用重複五次了，幾乎孩子們都能按著指令坐下。

奶爸：Great! Now, Let's do it and say it together.
　　　（把雙手擺成擴音器狀，放在嘴前，示意他們跟
　　　著說）

繼續示範起立與坐下，但這次加進「說」的指令。

奶爸：I stand up. Can you say（比出說的動作）"stand
　　　up"?

孩子們，彼此相視後，跟著我唸了出來："Stand up."

奶爸：Yes, say it again, "Stand up."
　　　（我再次邊說邊起立）

孩子們："Stand up."（孩子們也邊說邊起立）

奶爸：Great!!! You are amazing !（充滿熱情的激昂聲線）

然後是，Sit down，再操作一次。但是難度已經幾乎不存在了。二十分鐘前，我們沒有辦法彼此溝通；二十分鐘後，我們學會了兩個課室用語。太感人了啦！奶爸的眼中，已經分不清是雨還是淚了。

二十分鐘才學兩個？會不會太慢了？的確很慢，但是他們是用**身體**學會了這兩個詞，再加上我們彼此投入的**情緒張力**，他們幾乎不可能忘掉這兩句話了。下一次，我們就能從既有的基礎上，再添加新的詞彙上去。

這樣一槌一槌，用肢體動作**夯進腦中**的英文，是時間也奪不走的個人語言資產，**時間偷不走的，才是你的**。

奶爸小總結

> **肌肉記憶 × 情緒張力 × 演練次數＝長期牢記程度**

這不只是個公式，是真的發生在教室！

雖然你已經離開了兒童美語的學習現場，但是**透過角色扮演**，你仍然可以體驗這個「**用身體學英文**」的過程。

先講如何找到資源，分成高科技版與苦幹實幹版。

高科技版，你可以在 YouTube 的搜尋欄，輸入「**movieclips 空一格你喜愛電影的英文片名**」，如果你輸入的電影有點知名度，通常都能找到幾段 movieclip（電影節錄片段），這些 movieclips 是每部電影中，普遍被認為最精采的部分，因此演員們的演出，都十分到位。

找到節錄片段後，你可以到「IMSDb」（Internet Movie Script Database）（http://www.imsdb.com）這個網站，透過搜尋功能，找到該電影的全本劇本，然後，再去對照到你想角色扮演的片段，將該段劇本複製，最後轉貼到 Word，**整理成自己專屬的劇本**。

Movie script 就是電影劇本的意思，「IMSDb」網站，蒐羅了絕大部分的商業電影，只要不是太冷門的獨立製片電影，應該都能找到免費的全本劇本。

這個高科技版找資源方法的好處是，幾乎零成本，而且片段都是精挑細選的。但是需要花點時間，找出節錄片段（movieclip）的對應出處，而且，它是沒有中文**翻譯**的。如果你想要扮演的片段，在過去你已經看得很熟，了然於心，不太需要依賴中文字幕，你可以選擇這樣的方式來找到你要的資源。

如果，你不習慣上面這個方法，你可以用我的**苦幹實幹版**。

奶爸是電影愛好者，有事沒事逛大賣場，就會去看 DVD 區，有沒有一些好電影，被無辜掃入九十九元特賣區。如果遇上喜歡又適合學英文的電影，就會下手買回家。為什麼要買回家呢？有兩個原因：

1. DVD 可以**切換中英文字幕**，而且翻譯相較於網路上的「免費」下載版本，正確度高出許多。
2. 一部好電影，**需要看好多次，練好多次**，用租的頂多能看一週，無法滿足這個時間上的需求。

我鼓勵你，至少蒐集三部喜歡的好電影，最好是已經看過的

喜劇片或浪漫愛情片，讓它們成為你角色扮演時的劇本資料庫。

我的作法，找出喜歡的 DVD，快轉至想扮演的片段，利用暫停鍵，將英語對話抄錄下來。再次強調，抄錄也是學習的一部分。「人生無挫折，大腦沒皺摺。」**你付出的每一分努力，都是算數的。**（抄完的劇本，為了方便整理收藏，你可以把它拍起來，或是打字整理成 word 檔。）

完成劇本抄錄後，開始看影片，以一個片段為單位，不宜超過三分鐘。第一次看中文，複習完整劇情。第二次開始，看英文字幕，邊看邊背稿，直到劇本熟悉。第三階段，開始加入聲音的揣摩，請以電影的聲音為主，不需額外查字典。第四階段，加入臉部表情的模仿。最後，連肢體動作都加進去。把自己當成是最敬業的演員，將這些角色活靈活現地演出來。

如果你能找到「恥度」和你一樣強大的學習夥伴，你們甚至可以相約，把一小幕劇演完。如此，不僅英文進步了，連膽量和自信心也會同步提升喔！

奶爸推薦幾部自己私藏的影片，供你做選片類型參考，請仍以你**有興趣**，且**已經看過多次**為最佳。

我非常喜歡《愛在黎明破曉時》、《愛在巴黎日落時》、《愛在午夜希臘時》，這個獨一無二（one of a kind）的浪漫愛情三部曲。這個系列的獨特之處在於，每隔九年發行一部，從第一集算起，戲裡戲外的時間線，都過了十八年，男、女主角陪著影友一起變胖，更正，是一起變成熟，一起經過愛情裡的得失、取捨。

特別是二部曲《愛在巴黎日落時》，更是適合用來做**進階的角色扮演練習**（進階的原因是用字較難，角色設定兩位都是文

青）。電影中，幾乎有七成以上的內容，都是男、女主角一來一往的精彩對話，非常適合兩個人一起演（曾經心繫的人，九年沒見了，話多一點，也是非常合理的）。

如果你喜歡的是英國腔，我則大推《愛是你・愛是我》（Love Actually）這部愛情喜劇片，這部電影匯集了英系電影的大咖，連地表最強老爸連恩・尼遜（Liam John Neeson），以及豆豆先生（Rowan Atkinson），都只能算是配角。其中愛瑪・湯普森（Emma Thompson）和休葛蘭（Hugh Grant）的**英式口音**，完全是迷死人不償命的程度，想學英國腔，我推薦這部溫馨的聖誕小品。

另外推薦經典名作《阿甘正傳》，這部電影的好處在於，可以一片縱覽五〇～八〇年代的美國大事，對於美國重要文化、政治事件的演變，能有概括性的了解。美國國會圖書館，甚至以具有「**最大文化、歷史和美學價值**」為由，在二〇一一年，將此片列入國家電影登記表。

除了以上的原因，推薦此片來角色扮演，更是因為喜歡湯姆・漢克的**阿甘式旁白**，用字都非常簡單（符合角色設定），而且語速不會過快，適合入門。湯姆漢克對阿甘一角的完美詮釋，為他贏得了奧斯卡的小金人。

如果以劇情片來說，我選中的則是由魅力男星，艾爾・帕西諾（Al Pacino）主演，並奪下奧斯卡影帝的《女人香》（Scent of a Woman）。裡面有太多經典片段，值得一看再看。其中，艾爾・帕西諾為劇中的查理，在師生大會上，激情又極具說服力的辯護演說，更被稱為 "**Oscar winning scene**"，意思是光靠這段，就值得頒個奧斯卡獎給他了。

以下為該段經典對白與奶爸的翻譯，並附上 movieclip 的連結，與你分享。這段演說，我當兵時聽了上百次，後來也對著鏡子演了幾十次，歡迎來「英語自學王」的工作坊，我現場演一次給你看。

《女人香》經典片段

YouTube 播放連結
https://goo.gl/RdtnZR

背景說明

Mr. Trask 為主持師生大會的校長。
Slade 為艾爾帕西諾飾演的因意外而眼盲的中校。

Trask：Sir, you are out of order!
先生，你已經失序了喔！
Slade：Out of order, I'll show you out of order!
失序！？我可以為你示範什麼叫做失序。
You don't know what out of order is, Mr.Trask!
校長先生，你根本不知道失序是什麼？
I'd show you, but I'm too old, I'm too tired, and I'm too
fuckin' blind.

我可以讓你看看真正的失序，但是我太老了，太累了，
而且我他 X 的已經瞎了。

If I were the man I was five years ago, I'd take a flame-
thrower to this place.

如果，我是五年前的那個我，我肯定會帶把噴火槍來出
席的。

Out of order, who the hell do you think you're talking to?

失序！？你以為你在和誰說話？

I've been around, you know?

There was a time I could see.

拎杯是經過大風大浪的，你知道嗎？

我這雙眼睛，一度是能看見的。

And I have seen, boys like these, younger than these,

我親眼目睹過，和在座一樣年輕，甚至更年輕的男孩們，

their arms torn out, their legs ripped off.

在戰場上被奪去手臂、失去雙腿的慘狀。

But there is nothing like the sight of an amputated spirit,

但是，這些都比不上一個被截肢的靈魂來的醜惡，

there is no prosthetic for that.

因為，靈魂是沒有義肢的。

（意指失去四肢，還可以有義肢來輔助，但出賣自己的尊嚴
和正直的人，靈魂就像被截肢一樣，無法復原了。這對白也
太會寫了吧！）

如果你喜歡這類型的題材，你可以在 YouTube 的搜尋欄中，輸入 "movie speech"，可以找到更多電影片段中的長段獨白或演說。

5・第五層：活出來的學習效力（Living）

終於，我們來到了最高層級的學習效力。

先講結論。在這一個「活出來」的效力層級中，疊加進來的感官是什麼呢？臉部表情、肢體動作、聲線、情緒，不是都加完了嗎？還有什麼可以加的？你說說看、你說說看！

我必須給你一個非常浮誇、非常矯情的答案，但我是說真心的，最後一個加進來的感官就是——**你的靈魂**，your soul，句點。

> 用**身體**學到的，**不容易再忘記**；
> 用**靈魂**學到的，**會直接改變你**。
> 語言學習的最高峰，是**文化的激盪和撞擊**。

在我學習英文的路上，真正走進心裡的那些朋友們，在他們終須離去的時候，他們也將一部分的我，帶向即將前往的遠方，從此那個地方，不再是地圖上一個抽象的地名，而是用友情標註的他鄉。同時，他們也留下了豐厚的養分給我，讓我的世界，從此增加了多元的視角。

這個層級的學習效力，已經不只是在學英文了，而是成為一個地球村的村民，並且**用最大的熱情，使用一切可能的方法**（語言），**來與你相遇的人溝通、建立連結**，這是**爽度最高的語言學習經驗**了。（Language learning at its best.）

這一切聽起來非常高大上，但是，我想從我的英語學習路

上，最暗黑的一晚談起，**願你從這段往事裡，找到力量，看見自己的可能性**。那是，二○○四年十月，萬聖節當晚，一切仍歷歷在目。

還記得我曾經是數學老師嗎？我在〈序曲〉中提到了，我突然決定，那不然我來教英文好了，那個「突然」，有很大的部分，也是這個晚上的挫敗感，種下的種子。

回到二○○四年。那時我大學延畢了，在向上心文教機構，從最小的螺絲釘起步，開始了我的補教人生。這個田中小鎮裡的神奇學校，從幼稚園、安親班、到文理補習班，一應俱全。老闆和老闆娘用他們的敬業與認真，營造了超優質的學習環境，直到後來我到台中七期工作多年，仍然少有遇見能在品質上與之抗衡的學校。（至今我仍舊記得我們的校訓：專業、精緻、關懷。）

在鄉下的補習班裡，有些是沒有全職外師的；小有規模的補習班，則可能設有一位全職的外師。我們學校裡，竟有接近十名外國老師，是不是很驚人？！因為我們的外師最多，每次外國節慶辦活動時（或是找理由喝啤酒時），總能吸引周圍鄉鎮的外師，一同前往參加，沒辦法，我們最大團嘛！

這一年的萬聖節也不例外，外國同事們在宿舍舉辦 party，最大的不同是，這次我被邀請了。參加活動前，我特別在家裡，惡補了幾句彼此問候的英語會話，想說只要能安全下莊就好。

對你而言，要和外國人聊天可不可怕？對當時英文超魯的我而言，簡直是大衛對上巨人歌利亞一樣可怕。我在家裡做好心理建設，才有勇氣騎著單車上路，到了宿舍門口，我又深深地吸了好幾口氣，才終於敢敲門。

「叩！叩！叩！」門一打開，我腿就軟了。

來應門的，是一個吸血鬼，嘴邊還有逼真的血跡。Party 的電子音樂轟隆作響、撲面而來，環視一圈，只能用群魔亂舞來形容，狼人、喪屍、木乃伊、科學怪人、鬼娃恰吉，你能想到的西方鬼怪，基本上都到齊了。

面對「盛妝」打扮的外國同事們，原本就已經很「挫」的我，整個驚呆了。你能想像我的慌亂嗎？跟外國人聊天，本身就夠可怕了，現在還要跟鬼娃恰吉對話！剛剛背的那些句子，完全緊張到忘光了。

我一進到屋內，就知道自己來錯地方了，我不敢和外國同事們有太多眼神上的交會，怕隨便被一問就答不上話來，迅速找到最陰暗的角落，躲起來當壁花。後來，我甚至覺得角落還不夠安全，直接飄到地下室，和台灣同事的小孩們，打起桌球來。打了幾十分鐘後，我越想越挫敗，乾脆找個沒人留意的空檔，直接溜走閃人，I am a big time loser.

正當我溜出門外，準備踩著我的腳踏車，默默黯然離開時，一個溫暖的聲音叫住了我。"Michael!" 這個聲音的主人，正是後來成為我一生摯友的 Karen。她帶著素顏（所以沒那麼可怕），用極慢的語速，極簡單的詞彙，關心我的狀況。

Karen：Are you leaving?（這句我聽得懂）

Michael：Y... es.（我的聲音竟是顫抖的）

Karen：Are you alright?（她大概是看出了我有心事）

Michael：Ah... I.... don't... I don't...

Karen：You don't feel fit in, right?

（譯：你覺得自己格格不入嗎？）

Michael：Yes. Yes. And I am very ... 那個…… very ...

Karen：You are very ... shy?

Michael：Shy... yes, yes... very shy.

（太神了，Karen 幾乎都能猜中我卡在喉嚨的那個字）

Karen：Shyness is a good thing sometimes.

（譯：害羞，有時也是件好事呢！）

Michael：Really?!

Karen：Sure. Shy people are better thinkers and listeners.

（譯：當然，害羞的人，通常是更好的思考者和聆聽者呢！）

Michael：Thank you. But my English is very poor.

（譯：謝謝你的安慰。但是我的英文真的是太破了）

Karen：No, your English is much better than my Chinese.
You did a very good job communicating with me.

（不，你的英文比我的中文好太多了，我們不是聊得挺好的嗎？）

Michael：...（臉上一陣羞紅，一時語塞）

Karen：Hey, Michael.

Michael：What?

Karen：Tell you a secret. I don't feel fit in, either.

（譯：偷偷告訴你，我也覺得格格不入呢！）

Michael：You don't ?!

Karen：I am a shy person, too.

（日後證實 Karen 的確是個內向害羞的人）

Michael：You are?!

Karen：Yes, talking with you is the most comfortable moment to me tonight.

（譯：和你在這聊天，才是今晚我感到最自在的時刻）

Michael：...（還在想該接什麼話）

Karen：And you know what?

Michael：What?

Karen：Don't be shy about being shy.

（千萬別因為害羞，而感到害羞）

Michael：Okay, I think I got it.

Karen：Great!

Michael：Thank you for your kind words.

（出門前背的一句，終於派上用場了）

Karen：See. Good English!

Michael：Hahahaahahha...

Karen：Do you want to join the party again?

（她其實是不想讓我帶著挫敗感回家）

Michael：Okay. I will try again.

Karen：Cool! Let US give it a try.

（她還刻意地用了「我們」，超會安慰人的）

以上的對話，幾乎是當晚的百分百重現。為什麼細節記得那麼清楚呢？聽過這段故事的朋友，常覺得是我自己腦補了情節。「你那時還是英文魯蛇ㄟ，那些英文對話你都記得喔？你有沒有記錯啊？」

但坦白說，我其實記得的更細、更多。

我記得那個夜晚的溫度、外師們的古龍水氣味、客廳裡暈紅的光線、地下室的乒乓球撞擊聲、Karen 叫住我的那聲 "Michael!"……即便到了寫作的此刻，只要一想起，都彷彿重回現場。

為什麼細節記得那麼清楚？

因為在那個夜晚，一顆受傷的心，被妥貼的溫柔對待了；因為那些**刻畫在靈魂上的對話**（soul-to-soul communication），是無法被遺忘的；因為在那個最深的挫敗裡，魯蛇決定不能再魯下去了。那個夜晚，是我的死蔭幽谷，卻也是谷底回升，反敗為勝的起點。

"Some days are meant to be remembered." 那些定義我們人生的特殊日子，註定是不可能忘記的。那天晚上，雖然喝了些啤酒，但我回到家後，卻格外清醒（可能是截至當時的人生為止，最清醒的一個 moment），有個好強烈的念頭浮現出來：「Michael，魯夠久了，連蛋黃都入味了，這次，下定決心把英文學好吧！」

不誇張地說，那天晚上，就是改變我人生際遇的夜晚。

從那一天起，我開始瘋狂的**抓緊各樣的機會，學英文、用英文**。

比方說，利用老爸老媽開冰果室的地利之便，每個週一中午，我會打一杯創意蔬果汁，帶到幼稚園校區，送給我的外國同事 Joanna 喝，為的只是看到她總是浮誇到不行的滿意表情，以及隨機說出的超到位讚美（果汁雖然算是好喝，但她的形容大概都已經接近誇飾法了）。

她曾經用以下的句子，形容這些果汁，歡迎大家學起來、用

出來，以後吃到美味的食物時，給人到位的讚美。

This is delicious ／ yummy ／ tasty ／ tasteful .
這一組是國人愛用基本款，就是好吃美味的意思。

Wow! This is beautiful ／ gorgeous ／ stunning .
沒錯，美麗、漂亮，也可以用來形容美食喔！

This is heavenly ／ divine ／ godly ／ glorious.
這一組大抵上是說，這果汁是神聖的、是天堂來的。

"That is nothing earthy." "That is out of this world."
此物只應天上有，人間難得幾回聞。

This is wonderful ／ magnificent ／ marvelous ／ fantastic.
這一組，形容食物的玄妙、華麗、脫俗。

That is pleasant ／ satisfying ／ enjoyable ／ delightful.
這一組，以食用後身心的愉悅、滿足，來形容好吃。

That is mouthwatering ／ lip smacking ／ toothsome.
用身體的表徵（流口水、抿唇、齒頰留香），來形容可口。
類似用法還有肯德基的 "finger-lickin good"（吮指的美味）。

This juice is scrumptious.
scrumptious 這強烈的字眼，可翻成「好呷嘎併軌」。

This juice is shouting "drink me!"

這果汁好像在呼喚著「喝我！喝我！」

（意思是，賣相很好，令人食慾大開）

舉一反三，食物的話，你可以說：

This _____ is shouting "eat me!"

另外，還有一句專門用來描述果汁的：

This is the fruitiest juice ever!

這是史上最具水果風味的果汁了。

（這樣翻更好：這根本是**液態化的水果**啊！）

fruitiest，是 fruity 的最高級，意指充滿水果風味的。

Joanna 曾經更具體形容果汁風味的字有：lemony 富檸檬味／plummy 富梅、李味／grapey 具葡萄風味的。

最特別的說法是曾經用過一個 zesty，那是我此生第一次聽到那個字。zest 是柑橘類的果皮，烘焙時常用到的檸檬皮就是 lemon zest。而 zesty 的意思，就是充滿柑橘的精油香氣，為什麼會用到這個字呢？因為那天的胡蘿蔔汁裡，加進了檸檬汁和些許檸檬皮來提味，Joanna 一喝，馬上就用了這個詞，她根本是擁有絕對味覺的好鼻師啊！

以此類推，你也可以用這個句型來讚美各種美好的事物：

主詞＋ Be 動詞＋ the ＋形容詞 est ／ most 形容詞＋事物＋ ever.

This is the juiciest hamburger ever.　史上最爆漿的漢堡。

This is the most delicious cake ever.　史上最美味的蛋糕。

This is the most thoughtful gift ever.　史上最貼心的禮物。

You are the best listener ever.　你是史上最棒的聆聽者。

You are the most creative teacher ever.

你是史上最有創意的老師。

You are the most inspiring friend ever.

你是最具啟發力的朋友。

　　到位的稱讚，是最好的社交訣竅了，**讚美永遠不嫌多**。我因為 Joanna 的讚美，就這樣忠心地快遞了一年的果汁呢！在這段**互惠**的關係中，Joanna 獲得了每週特製的果汁，我則獲得了接受讚美的喜悅，學到了如何用英文表達讚美與感謝，成功研製了數十種果汁組合（改天來賣蔬果汁好了）。寫入靈魂的部分，則是**忠心完成承諾的勳章**，以及**建立用實際的行動照顧朋友的品格**。

　　怎麼算，都是我賺很大啊！是不是！？
　　學進去，活出來，是這個階層的最高原則。除了這個由果汁建立的情誼，我還有更多與外國朋友互動的故事與技巧，請容我賣個關子，留到第八章再做更多的說明。

　　我想先在這裡，為本書的核心章節，下一個總結。

　　五個學習效力的層級，沒有高下之別，每一層都有其價值。
在逐漸疊加投入感官的過程中，期待你也可以體會到，你的英文

學習變得立體起來，活潑起來。並且，因為努力習得一個新語言，**看見一個更豐沛、更勇敢的自己。**

然後，我真心期待，我們最終都能夠變成像 Karen 那樣的人。在別人最軟弱無助的時候，守護他們心中微弱的燈火，並且，陪伴他們，多走一哩路，成為一個一直被記得的人。

如果你曾在「英語自學王」的課程中，體驗過我燃燒小宇宙的浮誇熱情，我想對你說的是，本質上，我仍然是個害羞的人，如果我看起來很熱情，是因為有人先用熱情感染了我。而那團火，至今仍在我心中燃燒著，盼望你也能得到這火光。

◀ 圖右：我的英文啟蒙者兼摯
友 Karen。

◀ Joanna，以及那讓我甘願每週打一杯果汁的真誠笑容。

↑ 圖右：Joanna 圓夢成為空間裝置藝術家，接受媒體採訪的畫面。

六天一個循環
第七天休息

這輕薄簡短的一篇，幾乎是我最難下筆的。你們所讀到的，是我內心的戰場裡，交戰十幾年後，決定留下的定論。

奶爸早年學習英文的時候，為了增進學習效率，讀了很多學習方法論的書籍，其中韓國作者鄭贊容博士在《千萬別學英語》（Absolutely don't study English）提到的內容，可以說為本章的題目，提供了最基礎的原型。

書中所提到的：「每天集中精力把一片 CD 連續聽兩遍，堅持天天聽，但每隔六天要休息一天。」幾乎就像我早年的學習生活寫照。（我會執行這樣的學習計畫，不是因為這本書，而是我的外師好友 Karen 的建議。詳見第七章，116 頁。）

鄭贊容博士強調，學習語言就像釀葡萄酒一樣，需要熟成的過程，我們的大腦需要這一天的放空，完全不碰英文，讓單字、發音和句子進入大腦，並系統化地加以消化。

聽起來，挺合理的，也沒什麼不妥，直到我遇見了游老先生。還記得他的三句贈言嗎（詳見第三章）？其中的第二句便是：「**不要停、不要停。**」我的腦袋就整個卡關了。

一個是未曾謀面的暢銷書作者，一個是我有過一面之緣的高人，你們一個說一定要停，一個說不要停，弄得寶寶我好亂啊！到底我該聽誰的啊啊啊啊啊！然後，突有大光，裂天而降，上帝說話了：「聽我的！」（以上是奶爸自導自演的內心小劇場）

關於休息，在〈創世記〉第二章說：「到第七日，上帝造物的工已經完畢，就在第七日歇了祂一切的工，安息了。」我從這段《聖經》中，找到了安身立命的原則。

原來，兩位說的都對。只是，要好好定義一下「安息」。

無論你的信仰背景為何，我們來想一個問題。假設有一位六天就創造完這世界的上帝，這麼威猛的上帝，需要睡覺嗎（其實《聖經》有內建答案，在〈詩篇〉121 篇 4 節：「保護以色列的，也不打盹也不睡覺。」但我們先假裝不知道）？如果不需要，那祂休息的第七天在幹嘛？

我個人有個比較浪漫的想像，就是上帝坐在海邊，欣賞並回味祂所創造的一切，今天不上工，好好放輕鬆。**休息，不是放下一切，睡覺一整天，而是改換節奏，從事不同的活動**，你也應該這樣經營你的第七天。

所以結論是：**要休息，但不是完全不碰英文，而是換個方式來學**，並且回味過去六天的努力。以「英語自學王」的體系為例，如果你在進行我的二十五天計畫，認真地聽《說一口道地生活美語》，連續聽了六天，到了第七天，務必要從制式循環中停下來。

這個「**停**」，意思是，**停止輸入原先規律收聽的英語教材**，在這裡是指《說一口道地生活美語》，當然，也包含了日後你自行選擇的教材。

然後，你可以依照以下的原則，經營你的第七天。

（1）**換換口味**，從課本的學習，跳脫出來，可以放鬆心情，不抱著學習的目的，好好享受一部英語發音的電

影，重點是放鬆與享受。

（2）**從輸入變輸出**，將過去一週的學習內容，試著用出來，讓你腦袋中寫入的這些資訊，有機會流動出來。這樣，下週再讀新的範圍時，更容易聽得進去。

（3）**用出來**，可以是**多元的形式**。有外國人可以演練，當然是最佳選擇，若是沒有機會這樣做，你還可以：

1. 寫一篇臉書 po 文，用自己的話，將過去六天所學的內容，每天選一句最有趣、最有印象的說法，整理成一篇小文章，分享給你的好友們看。

2. 臉皮厚一點，開個直播，分享三～五個，有趣生動的道地美語說法，順便昭告天下，你有認真學英文喔！

3. 教學相長，以十分鐘為限，試著將你學到的用法或句子，教給你的朋友、同學、伴侶或孩子，教學是最好的學習。（比方說，在為各位同學翻譯二十五課的課文時，雖然累趴了，但收獲最大的其實是我自己。）

無論你採取的是什麼形式（除了歡樂指數最高的看電影 XDDD），以上這些都是「輸出」的過程。**暫停輸入，轉為輸出**，對大腦而言，也是一種休息喔！

這個「休息」或者說「休閒」，是我們的「生活必需品」，無論是學習英文的路上，或是經營自己的生活皆然。英美人士如何看待人生中必要的休閒，從一個字就可見一斑。英文中的「休

閒娛樂」叫作 recreation，re 是再一次，creation 是創造，休閒是為了有能量再創造，休閒是創造力的來源。

　　許多職業運動選手，都會選擇在休賽期，從事別項運動，來為自己的下個賽季做準備。比方說 NBA 選手，從事拳擊訓練，來強化自己的瞬間爆發力，以及氧氣利用率；網球選手，向相撲力士請益，以強化自己的下肢力量，以及橫向移動技巧。這些跨領域的異業學習，往往能有效地發現盲點、突破瓶頸，提升下個賽季的運動表現。

　　所以，無論你有多麼的認真，邀請你在第七天，稍稍停歇，換個學習的方向與節奏。放空看部英語電影也好，做文字、影像、教學的輸出練習也罷，為下一個六天的學習，做好準備。

　　「休息一天，走得更遠。」

　　這是我自學英文十年來，可以為你見證的一句話。

七項檢視重點
學習計畫與目標設定

這一章，我們談學習計畫與目標設定。

每個人的起跑點不同，因此沒有一個完美的學習計畫，是可以一體適用的。所以，我們要談的是**訂定學習計畫的原則**。

如果你的二十五課特訓，已經逐課**完成無稿跟讀**的程度，也已經完成為期一個月，每天從頭聽一次的「下意識輸入」，恭喜你，你已經得到了英語自學的第一塊敲門磚，可以進入更高階段

的學習了。

在這一階段的學習中，你已經可以自行組合你每天的學習內容。在訂定計畫時，奶爸提供了**七項檢視重點**，建議大家圍繞著這個原則，打造你的自學計畫。

1・喜歡能繼續

這是最重要的檢驗點。想一個問題就好：讀書一個小時，就感到睡意來襲的人，可以花五個小時 nonstop 追韓劇；或是徹夜不眠，狂打線上遊戲，到底為什麼？最大的原因我想還是：**喜歡，因此樂此不疲。**

But ！人生最靠腰的就在這個 but ！在我當老師十四年的生涯裡，還沒有遇到過喜歡學習英文，勝過看韓劇、打電動、血拼逛街、籃球鬥牛、或 ＿＿＿＿＿ 的學生（端看你喜歡從事的項目是什麼）。

該怎麼辦呢？那就借力使力吧！用你感興趣的內容，來當作選定學習素材的方向。以奶爸自己為例，我最感興趣的事物有三：烹飪、NBA 和奧斯卡頒獎，在我早期的學習中，我就用這三個元素，來幫助我克服剛開始學英文的低成就感期。

我看了很多「TLC 旅遊生活頻道」的美食節目，邊學英文邊流口水；我從《XXL 美國職籃聯盟雜誌》中，讀到了許多中英對照的好文章，而且筆觸都是道地的美式幽默；我在 YouTube 上，盡可能地搜尋「奧斯卡頒獎」的相關影片，幾乎都是沒有字幕、沒有翻譯的，一開始，僅僅能聽懂兩三成，但因著興趣我就硬著頭皮看下去了。

　　如今中英對照短片，幾乎是隨手可得，現在的學習者真的非常幸福。在我開始努力學英文的時候，YouTube 才兩歲多，各樣的資源都不夠豐富，要什麼沒什麼啊！

2・專心於一藝

　　當你開始制定學習計畫，表示你已經下定決心，要和英語這個大魔頭拚了。你體內的真氣湧動，彷彿有一股火在燒，你按捺不住心中的熱血，立下了宏大的心願。行動力鼓動著你來到了書局，毫不手軟地買了 Azar 全系列的文法書、高頻率必考單字7000、多益歷屆考古題，還懷著思古之幽情，額外添購了柯旗化《新英文法》，外加一本《狄克生成語》（一九五一年出版的也，我的老天鵝啊！也太暢銷、太長銷了）。

　　然後呢？**通常就沒有然後了**。太遠大的目標，因為失去了焦點，往往就在半路迷航了（或者，更直白的說法是，夭折了）。

　　奶爸自己的經驗是，要把專注力集中在小範圍的內容上，弄到熟悉能掌握，再繼續往新的素材前進。在我英文自學的初期，我得到最好的忠告，應該就是我的外師同事 Karen 給我的這句：「**少就是多。**」（Less is more.）她說：「台灣的老師和學生都好『貪心』，明明還沒把一課的內容學會，就急著往下一個範圍前進，其實，一本英文學習月刊，至少可以好好聽、學三個月。」

　　這個「**一本聽三個月**」的說法，完全打中了我，我決定聽她的建議，把一本英語對話小書，聽到熟悉為止。這一聽，竟然就

聽了**四十天**，聽了**八十次**，不僅打通了我的英文耳，甚至整理出了本書中的第十章，關於英語連音、縮音、變音、減音的十個心法，也才有了後來的「英語自學王」的課程雛形。

3・標準看自己

既然是計畫，一定要設定一個**贏的標準**，而這個標準，則因人而異。其實，每個人都有豐富的目標設定經驗。我們每年的跨年，不都是立定了豪壯的目標嗎？但是靜心回顧，達成的比例高嗎？到底失落的環節是什麼？因為，我們並不是**達標專家**。

年度目標沒達成，其實蠻常見的（比方說我的減肥計畫，嗚嗚嗚……），但如果養成了「無法達成目標的習慣」，那明年依然也會按著習慣，繼續失敗。

關於「新年新希望」的真相是：我們的意志力，不會因為跨過一年就變得堅強，**十二月三十一日的夜晚，並不存在著神奇的魔力**。沒有奇蹟，只有軌跡。

奶爸受過專業的教練指導訓練（coaching），在教練指導技術中，有一個區塊，就是在談目標設定。想要**訂定合理的目標**，並且**體驗達標的成就感**，可以遵循三個原則：1. 明確而具體、2. 可量化檢驗、3. 執行難度低，解釋如下。

（1）明確而具體

比方以「英文進步」目標，就是**模糊而抽象**的。99% 的人，都希望自己英文進步，不是嗎？如果把目標訂成：多益成績進步一百分、通過全民英檢初級複試，甚至是能到英語系國家，自助

旅行一週，都比空泛的「英文進步」好上一百倍。

（2）可量化檢驗

這裡的量化，包含兩個量，一個是**起訖的時限**、一個是**有效行動量**。（贏的標準＝時間＋數字）

目標，是有截止日期的夢想，明確訂出完成時限，是圓夢的第一步。所以奶爸有句名言是：「**沒有設 deadline，很難上 headline。**」（沒有設起訖，很難成大器。）

再來是**有效行動量**，比方說「多益成績進步一百分」雖然是具體目標，卻無法執行，但「每天**做五十題**考古題，並**訂正錯誤。**」就是件明確可執行的事了。有寫沒寫、寫了幾題，一翻兩瞪眼，這才叫做「可量化檢驗」。

再舉一例，許多人都有出書的夢想，如果設定目標為「今年底出一本書」，通常到了年底，會發現書根本連影子都沒看見。如果能夠設定有效行動量為「每天至少**書寫一千字**，沒有寫完不能睡。」如此持續三、四個月，你就能累積出一本十萬字左右的書籍了。事實上，這本書就是在這樣的**有效行動量設定**下，在尿布與奶瓶的狹縫中，奮力擠壓出來的。

（3）執行難度低

那些立志要背下整本《牛津英漢字典》的英雄豪傑們，如今安在哉？除了天生神力的語言學習大師，如顏元叔、旋元佑、柯旗化這樣的神人級學者以外，設定一個過大的目標，通常只有一個結果——**謝謝再聯絡，學英文，下次再說。**

暢銷書《刻意練習》的作者 Ericsson 教授認為，大腦和身體

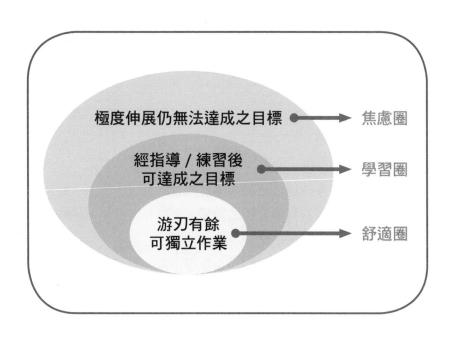

極度伸展仍無法達成之目標 ●——→ 焦慮圈

經指導／練習後
可達成之目標 ●——→ 學習圈

游刃有餘
可獨立作業 ——→ 舒適圈

一樣，在**被逼出舒適圈，但不是離開太遠時，進步最快**。在舒適圈中重複同樣的例行公事，難以成長；而在焦慮圈中奮力掙扎，則容易因為挫折半途而廢。因此，在學習圈內「刻意練習」，才能讓我們不斷提升能力。

　　一開始就把自己逼入了焦慮圈，以至於無法取得成就感，當然就無法走得長遠。**英語學習是一段馬拉松式的旅程**，在第一公里起跑時，用百米賽跑的速度狂飆，當然很威很帥，但是通常也只帥那一段而已，再來就是虛脫加抽筋了。

　　所以目標設定的難度，最好像中興米一樣：**有點難，又不會太難**。

4・拆解連續技

　　打過《格鬥天王》或《惡狼傳說》的街機遊戲嗎？再華麗的連續技，都是一拳一腳，組合起來的。再遠大的目標，都可以**拆成數個小目標**，逐步攻克達標。

　　Ericsson 教授在《刻意練習》書中，進一步解釋道：「天賦才能，可能是多年的**領域經驗和刻意練習**的結果，因為大腦神經具有可塑性，透過**刻意有目標的練習**，可以在某些領域達到專家等級，甚至突破極限。」

　　這和奶爸常常告訴學員的「**小目標小贏，高頻小套路**」有異曲同工之妙。「有目標的練習」，原理是把學習目標拆解成小步驟，每回訓練時間短，但是目標明確，透過完成一個又一個小目標，就能有效率地培養出新技能。

　　我為讀者們推薦的《說一口道地生活美語》（Speak English Like an American），就符合這個原則。每課課文只有短短的一、兩頁，聲音檔平均都在七十五秒以內，每天聽完十次，頂多也只要十五分鐘，對於繁忙的現代人來說，這絕對是一個可行性高、又容易達成的小目標。（一本定價才三百元，還附贈 CD，快去買！快去買！）

5・取得好工具

　　學習英語，需要好的聲音素材。網路上、書局裡，如大海一般的學習資源中，如何不踩到地雷，選到適合的素材呢？請遵循 SPA 原則——**如影隨行好聲音**。

（1）Shadowing　如影

意即所選素材，要能夠**適合跟讀**練習。適合跟讀的兩個要素，為大家複習一下：一是**要短**，最好不要超過六分鐘；二是要有文字稿（transcript），方便你從「有稿逐步」開始跟讀訓練。

（2）Portable　隨行

最好**能夠隨時隨地聽**。如果你的手機資費是吃到飽，那麼整個網路的資源，都可以隨時供你取用；如果你的手機資費是吃不飽，我則建議將你要學習的檔案，下載到手機或 MP3 中，善用零碎時間學習，聽一次就是賺一次。

（3）Accurate　好聲音

好的聲音源有兩層意義，第一是**聲音好**、第二是**體裁好**。

聲音好，不只是指好口音，我更看重的是**語速和節奏**。不要選擇為了體貼第二語言學習者，刻意降低語速的教材，聽慣了國中課本式的慢速英文，會使你的耳朵和大腦快不起來，遇到外國人你會直接當機。請直接聽「**內容不難、語速正常**」的真英語。

體裁好，指的是這段聲音的**內容型式**。初學者不要選擇文章朗讀類的聲音，或者長篇的有聲書，因為書面英文和口語英文有非常大的落差，通常會太過正式，而且很難有機會在日常生活中用出來。請選擇情境對話類、公眾演講類的素材，這樣的英語，比較口語化，而且比較有機會可以用出來。

　　依照 **SPA** 原則，在 TED 官方網站上，有些同時**具備中英文逐字稿、且低於六分鐘**的演講，只要談的內容你**感興趣**，都會是適合學習的好選擇。比方像這個 TED 演講「用 30 天嘗試新事物」，就是個不錯的選擇，而且還呼應了檢驗點四「拆解連續技」的內容喔！

Try something new for 30 days

TED 播放連結
https://goo.gl/dPX34R

溫馨提示

在手機畫面中，會看到 "transcript" 的字樣，點擊進去，就有中文及英文的逐字稿，可以整理在 Word 後列印下來學習。

6・回饋快又急

　　我們的頭腦，很需要立即性回饋。但是大多數長期有益的目標，短期內都不容易有立竿見影的效果，這時與其用意志力苦撐，不如**將大目標逐步拆解**，並且**建立快速的獎勵回饋機制**。（所有令人成癮的網路／手機遊戲，都是這樣在搞的）。

　　關於快速回饋，我有個非常切身的經驗，如果你已為人父母，希望這個故事，能給你些想法。

　　我的求學歷程，有個非常卑微的起步，英文裡有個說法，就叫做 **humble beginning**。根據我媽的說法，在我小的時候，家

中經營的北極冰果室非常繁忙，我三歲以前大部分的時光，經常是在水果空箱中度過的，陪伴我的是身旁播著台語歌的音響，以及每天配給的一包五香乖乖。三歲到上幼稚園之前，開始能跑能跳後，我則是在爺爺的木材行裡，上上下下到處亂跑，開心當個頑皮的野孩子。

無憂無慮的野孩子，到幼稚園就 GG 了，我完全聽不懂人話，也無法配合老師們的指令。讀了不到一週後，就因為「上課偷跑去玩溜滑梯」、「點心時間沒有閉眼睛禱告」、「午睡時間偷親女同學」害爸媽被校長約談了。

約談過後，爸媽決定把我帶回家，等學會生活常規，再去上幼稚園。這樣一等，就是一年，我已經到了大班的年紀，趕上時限，報名了國小附幼，我的學前教育就在這一年中匆匆完成。

上了國小一年級，我完全被課業打敗了，第一次考ㄅㄆㄇ聽寫，就考了個十分回家。一方面，是因為國小附幼並沒有「超前預習」小一的進度（據說私立幼稚園都有）；另一方面，則是因為我寫字超慢，名字又超難寫，不信你看看封面，我叫做「鄭錫懋」，是不是覺得命理師跟我有仇！？

考十分跟名字難寫有何干？有的，因為沒寫名字會被打一下，我再笨也知道名字要先寫。偏偏等我名字寫完，老師都已經唸到第三、四題了，我就一路不在狀況內，矇著頭亂寫，最後只答對了第十題，我要在地上寫個慘字。

重點來了，當我帶了十分的考卷回家，我媽竟然沒有苛責我（大概是不忍心雪上加霜吧！）。她當下做了兩件重要的事：買了一套注音符號教學錄音帶和習寫本，以及，為我設定了一個**快速回饋機制**。

她說：「錫戀，你如果能考到三十分，我就請你吃香雞城。」

三十分，多麼仁慈的標準啊！三十分就有獎勵ㄟ！

印象中，我好像下一次考試就馬上達成了，媽媽也遵守承諾，帶我去吃了好吃的手扒雞，過癮又暢快！媽媽沒有停在這裡，她繼續說：「錫戀，你如果能考到六十分，我就買一台掌上遊戲機給你。」

掌上遊戲機！掌上遊戲機！掌上遊戲機！我的大腦完全被占據了。她根本不用催促，我自己就認真地在聽ㄅㄆㄇ錄音帶了。

好像過了沒幾次考試，我真的考了六十分。

媽媽說話算話，手刀衝刺帶我到商店，買下了我人生的第一台遊戲機，一個飛機射擊的小遊戲。裝上電池以後，我就這樣酣暢淋漓的打了一整晚的電動，那是我當時的人生中，最快樂的一天，It's the best day of my life!

然後，媽媽仍沒有停在這裡，她繼續加碼：「錫戀，你如果能考到一百分，我們就再買一台掌上遊戲機。」

再買一台！再買一台！再買一台！大腦再度被占據，進入無雙狀態。你猜結果如何？兩個禮拜後，有個小男孩，心滿意足地玩了整晚的牛仔射擊遊戲，帶著笑意進入夢鄉了。

就這樣，媽媽用了這樣**快速回饋機制**，**拯救了我**。她**沒有讓我在挫敗中耽溺太久**，沒有讓我相信並接受，我是個只能考十分的野孩子。這個入學時只考十分的孩子，畢業時竟然領了校長獎，還考上了私校的美術資優班。

回饋快又急，這招厲害吧！

日後，我也用媽媽教我的這招，成為了一個熱情鼓勵學生

的老師，我上課超級矯情、超級浮誇的。我也教導我的成人學生們，要**設定小目標，達標了一定要犒賞自己**。比方說，從沒有和外國人直接聊過天的你，設定了一個目標：到台北火車站，找到一個外國人，和他聊天超過三句。

> 害羞的你：Hello, may I talk with you?
> 外國路人：Sure, I am not in a hurry.
> 害羞的你：Thank you. I am an English learner.
> 外國路人：Good for you!
> 害羞的你：Where are you from?
> 外國路人：I am from Canada, I love your countr ... y.
> 害羞的你：Oh yeah! 三句了，我要去吃鼎泰豐慶祝了！
> 　　　　　讚啦！
> 外國路人：You what! ? Wait ...

你開心地揚長而去，大啖小籠湯包，留下一頭霧水，不知你在爽什麼的外國路人。

蛤？蝦密！？三句就慶祝。啊不然呢？我考三十分就吃香雞城了也。在學習英文的初期，每有小突破，請務必依照下面的準則來獎勵自己，那就是：

不符合比例原則、史詩般地慶祝你的微小勝利！
不符合比例原則、史詩般地慶祝你的微小勝利！
不符合比例原則、史詩般地慶祝你的微小勝利！
（因為很重要，所以我想說一百次。但編輯應該會打我 XD）

7・一頭栽進去

　　最後一個檢驗點，你的計畫，是否**創造了一個屬於你的小宇宙**，讓你能**專注持續地投入你的熱情**。自學英文初期，每天聽英語對話 CD 兩次，四十天內聽了八十次，聽到噁心想吐說夢話，算是一個創造小宇宙的例子。

　　專注持續的投入，為的是**用壓倒性的努力，取得第一場勝利。**

　　英文是一個推得動的巨人，以往學習英文的挫敗，是因為我們沒能堅持到，看見他被推動的瞬間。我們的努力，要**持續到克服靜摩擦力**。一旦我們的心，**體驗過推動巨人的雀躍**，接下來的戰役，就會好打許多。

　　當時我還做對的一件事，就是開始**隨身攜帶小筆記本**。我不想錯過生活中一點一滴關於英文的資訊，幾乎什麼都抄、聽到不會的字就問，兩年下來，竟也累積了七、八本，內容五花八門、包羅萬象，可以當傳家寶的小筆記，有圖有真相。

　　堅持聽下去、堅持做筆記，這兩件事情，讓大學聯考英文二十分，大一英文被連當三次的我，這次終於突破重圍了。我底子不好，起步又不早，但自學初期的**壓倒性努力**，真的讓我嘗到**初勝的果實**，讓我產生了**繼續奮戰的鬥志**。

　　我真的不是厲害的人，但是我把全副精神，拿來跟英文拚了，不只拚出了學習的成果，也拚出充滿驚奇的職涯路。相信手上正拿著這本書的你，也一定能做到。

　　不是只有我這樣說，我心目中浩氣長存已故偉大武術家李小龍先生，也已經解釋過了。"The successful warrior is the average man, with **laser-like focus**."（一個成功的勇士，其實也是平凡人，只不過他擁有如雷射般的專注焦點。）

一頭栽進去，用壓倒性的專注力，拿下第一場小勝利吧！

⬆ 隨身攜帶小筆記本，因為不想錯過生活中一點一滴關於英文的資訊，我幾乎什麼都抄、聽到不會的字就問。（其中一本還淋濕了，哭哭。）

★ One more thing：行動目標宣告句

除了上述的七項檢視重點，奶爸還有 one more thing。目標設定的最後一塊拼圖是：把你的**行動目標宣告句**寫下來，並且告知至少一位可信任，並且能支持你向前的朋友，定期彙報完成進度（至少每週一次）。

因為當你把目標寫下來，並且告知你的支持系統（家人、朋

友、伴侶），你達成目標的比率，將**顯著高於**沒有寫下目標的人。

　　這是有**學理根據**的。網路上盛傳這個**「是否把目標寫下來，日後成就差很多！」**的實驗來自於哈佛大學，或有一說來自耶魯，但其實真正的數據，是加州多明尼加大學統計出來的（沒辦法，標題下哈佛、耶魯，點擊率才高嘛！）。若有興趣深入了解，請掃下方 QR Code，閱讀論文摘要，附上連結，是鄉民最大的美德。

　　沒有時間的，請直接看奶爸節錄的總結：

1. The positive effect of **accountability** was supported.
   報告執行進度，**向支持者當責**，驗證有正向效益。

論文摘要連結

Goals Research Summary
https://goo.gl/6YeHR1

2. There was support for the role of **public commitment**.
   公開宣告你的承諾，驗證有正向效益。

3. The positive effect of **written goals** was supported: Those who wrote their goals accomplished **significantly more than** those who did not write their goals.
   有**寫下目標者**，達標率**顯著高於**未寫下目標者，驗證屬實。

★該怎麼寫下屬於自己的行動目標宣告？

行動目標宣告句，要具備這五個元素，缺一不可：

A. 衡量時限
B. 行動動詞
C. 明確細節
D. 重要結果
E. 需付的代價

舉例，一個準備升大四的學生，可以這樣寫：「我的目標是，在暑假結束前（A），確實**讀**完**三**本英文讀物，**寫**完一本考古題（B、C），讓我在十月分的多益考試，突破七百五十分（D）。為了完成目標，我會戒掉追韓劇的習慣，專注在考試上（E）。」

或者，你是個追夢小資族，你可以這樣寫：「在今年春節假期（A），到紐約百老匯，現場感受經典歌舞劇《貓》的魔力（D）。我會開始每月**儲蓄**旅費三千元，預先**熟讀**《貓》的劇本，並開始**研究**旅遊的相關資訊（B、C）。為了完成夢想，我會戒掉早上那杯星巴克拿鐵，並且每天提早半小時起床（E），撥出時間來讀劇、爬文。」

你的行動目標又是什麼呢？

花點時間，把你的行動目標宣告整理出來，絕對是**必要且值得**的。如果你覺得實在是忙到沒時間寫，我們來想一下這個問題：如果你連寫下目標的時間都沒有，那你如何生出美國時間來完成它呢？ If you don't have time to write down your goals, how on earth are you going to find the time to accomplish them?

動筆吧！這下面交給你了。

我的行動目標宣告

_____

_____

_____

_____

_____

謝謝您成為我的支持者，請簽名 _____

目標設定影片推薦：我的夢想

有寫下的夢想，更有實現的可能。

有位日本小學生曾在作文簿中，如此寫道：

我的夢想

YouTube 播放連結
https://goo.gl/xxpNDL

「我的夢想，就是**成為一個一流的職業棒球選手**。為此，**我一定要活躍在國中、高中和全國大會**的比賽中。為了能活躍於球場，練習是必要的。

我三歲的時候就開始練習了。雖然從三歲到七歲練習的時間加起來只有半年，但從三年級到現在，365 天裡，有 360 天都拚命地練球。所以，**每個禮拜和朋友玩的時間，只有五～六個小時**（奶爸按：需付出的代價）。我想這樣努力地練習，一定可以成為職棒球員。

我打算國中、高中時闖出一番成績，高中畢業後就加入職棒球隊。我想加入的球隊是中日龍和西武獅。以選秀制度加入球隊，目標契約金一億元以上。我有自信，不管是投球或是打擊。

去年夏天，我參加了全國大會。看了所有的投手後，我確信自己是大會的 NO.1，而打擊方面，我在縣大會的四場比賽中，打出三支全壘打。整個賽程累計打擊率 0.583。連我自己都很滿意這成績。

然而，我知道棒球不只是光靠一年的成績就可以論輸贏的。所以，**我會持續地努力下去**。如果我成了一流的球員，能出場比賽的話，我要送招待券給那些曾經照顧我的人，讓他們幫我加油。總之，我最大的夢想，就是成為職棒選手。」

老師給了如下的評語：

「擁有一個遠大的夢想，志氣很高真的很棒呢。只要能以『我的練習不輸給任何人』自豪的話，**鈴木君**的夢想一定會實現的。加油喔！」

咦？鈴木君！該不會是在日本職棒與美國大聯盟，都留下驚人紀錄，保證會入選名人堂的那個鈴木吧？請看他的署名。

「愛知縣西春井郡豐山國小　六年二班　鈴木一朗」

八方英雄相助
Organic Learning

先講結論。要得八方英雄相助，進入**有機式的學習**，你必須先：

Be a giver, not a taker. Be a doer, not a sayer.
施比受，更為有福；做比說，更加給力。

這是我在與外國朋友往來時，一貫秉持的原則。

如果你的語言學習，已經進展到可以與外國朋友，有些基本的交流，這個原則，相信可以幫助你走得更遠，盼望你也能經歷到「**一支穿雲箭，八方英雄來相見；樂善又好施，人人可以為我師。**」的語言學習新境界。

本章內容會分為兩部分：
一、心法篇，是**經驗分享**，記錄那些曾經做對的事。
二、技法篇，是**實戰應用**，提供一些實用對話技巧。

Here we go! 開始囉！

一、心法篇

還記得在第五章，我提到和 Joanna 的果汁情誼嗎？還有在

萬聖節的夜晚，被 Karen 搭救的過程？那些，都是我年輕歲月裡的重要回憶，Oh, those good old days.

那些「美好的老日子」，能夠開展出來，都是圍繞著 **"Be a giver, be a doer."** 這個心法。簡單說：你是把老外當成朋友，還是把他們當成免費的家教老師，其實人家都是知道的。

如果對方察覺到你的動機，是出於利用，那這樣的情誼，就不容易久長。如果你先成為一個**能給的人**，無論對方後續的回應如何，你都已經成為了更好的自己。**我深信，也實際經歷過，先給的人，總是收穫最多的。**

回到魯蛇的起點，萬聖節的夜晚，豁出去的夜晚。

第五章，我們談了那一晚，在我心中的劇烈變化，現在要談那一晚之後，我做了哪些關鍵行動。

1 · 第一個關鍵行動：我不怕英語了

第一個關鍵行動，是心態上的調整：我不怕英語了。

唐代詩人元稹這樣寫道：「曾經滄海難為水，除卻巫山不是雲。」看過了最廣闊浩瀚的滄海，就不會再被別處的水吸引；看過磅礡夢幻的巫山之雲，其他的雲，不過是一團水氣罷了。

表面是詩，背後談的是人生的**巔峰經驗**（peak experience）。

大腕級心理學家馬斯洛（Maslow），除了以「人類需求五層次理論」聞名於世，他在晚年提出的「超自我實現」概念中（Over Actualization），便曾多次談到「巔峰經驗」一詞。

巔峰經驗，一種為時短暫的興奮、狂喜、幸福洋溢、心醉神馳的體驗。人們在此狀態中，經驗到一種忘我的境界，得以暫時

跳離小我，片刻融入了真、善、美、聖的天人合一裡，經歷一期一會的無上喜悅。

例如音樂家在專注譜曲時，感受不到時間的消逝，他在譜曲的每一分鐘，對他來說跟一秒一樣快，但每一分鐘卻活得比一個禮拜還充實。

王菲也這樣唱著：

我願意為你，忘記我姓名

就算**多一秒**停留在你懷裡，失去世界也不可惜

我自己很喜歡的一段話則是：

Life is not the amount of breaths you take,

it's the moments that take your breath away.

生命的價值不在於你呼吸了多少次，

而在於那些令你**忘記呼吸的瞬間**有多少。

這樣有抓到「巔峰經驗」的感覺了嗎？

現在，把它**換個方向**，**顛倒過來**。

萬聖節的那一夜，我也經歷了巔峰經驗，只不過是「**負向巔峰經驗**」。英語人生的最低點，不只是吐魯番窪地，根本就是馬里亞納海溝！

但是，非常幸運的是，這個最深的低谷中，一樣飽含著能量，而且在這想鑽個地洞跳進去，覺得既丟臉又害羞的夜晚，讓我來到了「曾經滄海難為水」的顛峰經驗，啟動了**心理防衛機轉**，激發出我再也不怕丟臉的潛力。

反正最不濟就這樣子而已，從那一夜後，我和英文就有種
「拎杯褪衫尬汝拚」（老子脫衣服跟你拚了）的勇敢，再也不怕
開口說英語了。

2 · 第二個關鍵行動：積極儲蓄聊天資本

如果你的英語口說能力很不好，其實很難和別人聊得起來，
勉強硬要聊，是一件非常痛苦的事情——當然，是對方痛苦。

我想要盡可能的，快速度過這個說話坑坑巴巴的階段，我**開
始大量的聽英文**，如第七章提到的，重覆聽同一卷對話錄音帶，
不僅把日常生活的對話聽到爛熟，也**聽出了正確的英語語感**。比
方說，女生的名字，能在使用代名詞時，自然地用 she，而不會
說成 he；講到已經發生的事情，能自動轉換成過去式表達；第
三人稱的現在式動詞，能習慣性的加上 s ／ es ／ ies。

這些以前連用寫的，都很常粗心犯錯的地方，都靠著這樣**大
量重覆地聽難度適中的素材**，神奇地獲得改善。

3 · 第三個關鍵行動：隨身攜帶小筆記

筆記，是腦容量的延伸，這個很多人都知道，但是我的筆記
有五個記錄重點，我覺得對一個語言學習者而言，很有幫助，特
別提出來與你分享。

（1）生活用語類

舉凡旅遊資訊、招牌標語，甚至是餐廳的英文菜單，出門在

外遇到時，如果有空閒，我通常都會動筆隨手抄寫下來。這類不艱深卻實用的詞彙或句子，是值得累積的。有圖有真相，請看我當年抄的菜單。我知道字很醜，但是請不要為難一個已經半醉，仍然堅持抄筆記的人啦！

↑ 舉凡旅遊資訊、招牌標語，甚至是餐廳的英文菜單，出門在外碰到時，如果有空閒，我通常都會動筆隨手抄寫下來。

（2）新聞標題類

又稱「書讀太少類」。英文新聞的內容，難度很高，常常會出現個人單字量以外的詞彙，我通常都無比豁（ㄊㄡ）達（ㄌㄢˇ），不會就算了。但是，如果不會的字，**出現在標題**，我通常都會把它記錄下來，好好查查字典。原因有二：

第一，標題出現的字，可能會影響我對整篇文章的理解，於是認命查字典。

第二，標題出現的字，帶有時事性，可以增加與外國人聊天的談資，於是認命查字典。

（3）名人佳句類

如果我讀到的名人語錄，自己**覺得喜歡，有鼓勵到自己，也符合自己的價值觀時**，我通常就會把它抄錄下來。因為是自己認同的，就比較容易用出來，有機會用出來，就不容易忘。

在「奶爸的行動英語教室」LINE@ 帳號中，輸入 "day1" 一路到 "day25"，每天都會收到的「名人雋語，陪你學英語」，就是這樣累積出來的。

（4）甜言蜜語類

這一類的句子，是**實用性最高**的。如果我讀到關於**讚美、肯定、誇獎**他人的句子，我有空都會把它抄下來，而且，會刻意找機會用出來。因為，讚美永遠不嫌多，如果一句肯定的話語，就能 make someone's day（使人開心一整天），何樂而不為呢？

我甚至會在上班或出門前，就默背好一句，遇到頭一個外國同事，就**第一時間趕快用出來**。為什麼那麼急？因為怕忘記啊！

比方說，我就曾對我的好朋友 Chantalle，說了這兩句："You are such a sight for sore eyes."（對痠痛的眼睛而言，你真是個美好的景色。意思是：在這見到你真好），還有 "You look like a million dollars."（你看起來像一百萬美金。意思是氣色很好，容光煥發，帥呆了、美極了）。

Chantalle 臉上堆滿笑意地回說 "Michael, you are so cheesy."（你太肉麻、太浮誇了），但是從她眼角笑出來的魚尾紋來判斷，她是動真情在笑的。口嫌體正直，每個人都需要肯定與讚美的。

更多你可以現學現賣的甜言蜜語（sweet talk），我幫你整理在本章的第二部分了，請務必把它們用出來啊！

（5）有口難言類

最後，我會特別留意，生活中我常常使用的物品，或經常做的動作，有沒有我想說，可是**用英語卻說不上來的**。如果有，我會刻意把它記錄下來，待有空時，問問 Google 大神，並將所得結果，記錄在小本子上，隨時想到就能翻閱複習。

查詢方式為，在搜尋欄內鍵入**「某個物品／動作空一格英文」**（例如：遙控器 英文），然後按搜尋，一般都能在 Google 內建的翻譯，或 Yahoo 奇摩知識＋中，找到你要的答案。

來，馬上換你試試看。

「蹲」的英文怎麼說呢？＿＿＿＿＿＿
「修正帶」的英文會是？＿＿＿＿＿＿
「延長線」又該怎麼說？＿＿＿＿＿＿

別急著往下讀，即知即行，填好填滿再上路。

這個隨身做筆記的習慣，無形中為我累積了好多詞彙和句子，常能在需要的時候脫口而出，有時連自己也感到驚訝。

我個人覺得最吃驚的場景是這樣的。某次的三天連假，外國同事們相約集體出遊，要到墾丁感受夏日熱情，他們很熱情地邀請了我。當時我才剛出社會，每個月還有設定的存款目標，我需要量入為出，因此雖然很想同遊，卻沒能當下答應，因此我想跟同事說：「我再考慮看看。」正常用英文說，應該是 "I will think about it." 結果我卻天外飛來一句 "I am still teetering on the brink."（我還在邊緣擺盪。意思是我還在「左右為難」）

我話一說完，自己就愣住了，還在思索這句話到底哪裡學來的。沒想到，外國同事們的反應更大，大家都瞪大著眼睛看我，彷彿看到外星生物一般，然後，最浮誇的 Joanna 對我說了一句 "Wow! Michael, that's really good English. It is the first time I heard it since I came to Taiwan. Who taught you to speak like this?"（Michael，這句英文講得太道地了，這是我在台灣第一次聽到呢！到底是誰教你的？）

　　到底是誰教我的？當下我還真說不上來，但是他們的反應，讓我整個大受鼓勵，整個人的自信心都爆棚了，記得那幾個禮拜，不只覺得走路有風，連尾椎都是翹的。（PS. 最後兇手在我的小筆記本裡找到了，原來是從報紙上的英文學習小專欄抄下來的。多次翻閱複習，果真存記心裡，順手做做筆記，心情好是美麗。）

　　By the way，墾丁最後有去成，非常高興當時的自己，沒有為了省一點錢，而錯過如此美好的回憶。還有，那時候的我，好瘦好瘦啊！

4 · 第四個關鍵行動：成為 Yes Man

　　從萬聖節的挫敗走出來後，我決定要從**壁花變天菜**（有這說法嗎？）我開始主動融入外師的生活圈中，開始當起地陪與小幫手的角色。老闆娘 Remy 老師，也常常給我機會為外師服務，任何能協助外國同事的機會，我從沒有拒絕過。（當然，前題是不違背俠義良心的事。）

　　我常常幫同事們，從彰化跑到台中辦 ARC（外國專業人員工作居留證），領證後再跑到彰化縣警局報備登記，常常還因為不熟悉狀況，需要跑幾次來補件。這些，都是利用我上班以前的時間，抽空完成的，從頭到尾沒有收取代辦費，還自己補貼油錢。看起來好像很傻，但是我才是最大受益者，因為我得到了**外師們的信任和友情**。

　　假日的時候，我得以常常與他們相約喝咖啡、天南地北地長談（我一開始說英文真的又破又慢，實在是因為他們把我當好朋友，才有可能聊得下去，感謝他們的包容）；帶他們到南投友人家欣賞茶園，練習介紹台灣之美；被外國同事們，帶到台中的 pub，體驗外國人在台灣的 Saturday nightlife，還創下七個人塞一台計程車回田中的事跡；帶我的好友 Craig，趕在回澳洲前，到劍湖山樂園玩得像孩子一樣，兩個男人就這樣廝混了一天，甚至帶外師到彰基做例行的體檢，都是我覺得樂此不疲的好差事。

　　你看，我連體檢貼紙都做筆記呢！是不是很誇張？這張是帶 Chantalle 體檢時，請她讓我留下的紀念。

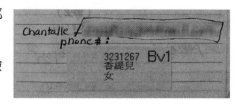

喔！對了，當然還有我至今仍深深懷念，每個週五晚間，固定在夏日燒烤店的 beer night。只要我身邊有外國人，對我而言，都是最美好的時光，因為我總能從不同的人身上，學習到英語和文化。我的外師朋友們的國籍，有英國、澳洲、南非、加拿大，甚至還包含了別家補習班的印度籍外師，喝著、聊著，無心插柳之下，竟也磨出了我對多種英文口音的適應力。

因為八方豪傑的相助，我的語言學習，終於從「狹窄的聽」（narrow listening）進入了「**有機式學習**」（organic learning）的階段，得以跳脫制式的課本與教材，**人人可以為我師**。

由第一章〈一字記之曰心〉的刻意練習開始，採用第二章的「狹窄的聽」為行動策略，認真蹲點四十天，聽滿八十次，打通英語耳，累積語句量，最終走到了第八章的「有機式學習」。這是一條歷時**半年**的路，走到這一步，學英文開始成為充滿樂趣的享受。

我不願獨享這樣的樂趣，因此，在本章的第二部分，我會分享一些與外國人聊天、交流時的好用句子，甚願你也能遇見優質的外國朋友，建立起美好的情誼。

再次強調，我能真正進入到有機式的學習，都是從 "Be a giver, be a doer." 開始，**句型不是最大的重點，真實的關心和付出才是**。這些內容是我個人的經驗整理，它絕對不夠完整，也無法涵蓋所有的對話需要（是說，有這樣的一本書嗎？），但是都是我在實戰中，摸索出來的好用句型，請務必找機會用出來。

二、技法篇

在這個篇章裡，我們來談如何打開話匣子，給予別人讚美的實際句子。要開啟一段對話，有兩個慣用的起手式：一是**由讚美的言語切入**，二則是**用開放性的問題來開路**。

1・第一式：讚美、肯定、嘉許

先來個前題。建立關係的讚美（compliment），和搭訕性質的挑逗（flirting），是兩回事，特別是男性對女性時，為了讓對方不覺得被冒犯，請由中性、溫和的讚美開始，再視友情進展，逐漸增加「甜度」，不然會顯得「油槍滑掉」，有失真誠。

《聖經》的〈箴言〉中，有段非常美的話：「一句話說得合宜，就如金蘋果在銀網子裡。」"A word **fitly spoken** is like apples of gold in baskets of silver." 讚美的言語也當合宜地使用，才能發揮恰到好處的果效。

讚美逐步增強的心訣是：「**從物到人，由外而內。**」先從對方的穿戴配件、衣物妝扮、寵物愛車等切入，讚美對方的品味，再往他個人的特色前進，比方說髮型、對方引以自豪的部分，具體的讚美。最後，則是對這個人的個性、特質、表現、能力的肯定。

要開始肯定、讚美一個朋友，你可以用這樣的句子來開頭：

I'd like to tell you that... 我想要告訴你……
I wanted to say that... 我想對你說……
I've been thinking that... 我一直在想……

I noticed that... 我有留意到……

If you don't mind me saying... 請容我這樣說……

　　然後，接續你要給出的稱讚即可。接下來奶爸就為大家「從物到人，由外而內」列出一些讚美的好用句型，請慢用。如果你想要掌握更多讚美的句子，你可以在 Google 搜尋關鍵字 "nice things to say to your friends" 或者 "how to compliment people"，可以找到更多的資源喔！

（1）嘉許品味類

　　從身外之物切入，是最容易被接受的讚美。

I like your style.

我超愛你的風格

That color is perfect on you.

這個顏色和你超搭的。

（鞋子、襯衫、洋裝、外衣、手提包，都可以用這句，基本上是個不敗萬用句）

That's a really nice jacket.

（Jacket 可代換成 watch, necklace, glasses, ring, car...）

What a cute little puppy!

好可愛的小狗呀！

（如果對方愛的是喵星人，當然可以將 puppy 代換成 cat）

You are so stylish and trendy.
你總是踩在時尚的尖端。

You look amazing. Where did you get that jacket?
你看起來美極了，這外套在哪買的？
（這也是小繞一圈，讚美對方的品味）

I love your hair. It really flatters your face.
我好愛你的髮型，它完全襯托出你的美。

That's such a pretty scarf. You have great taste.
好漂亮的圍巾，你真有品味。

I really like that painting. It looks great in this space.
我好喜歡這張畫作，和這個空間非常相稱。

Not many people know how to appreciate classical music.
真正懂得欣賞古典音樂的人不多呢！
You have great taste in music.
你的音樂品味真好。

（2）恭賀祝福類

這類的恭賀，無論親疏遠近，都可以放心使用，祝福永遠不嫌多。

Congratulations!
恭喜你！

Congratulations. You should be proud of yourself.
恭喜，你應該感到自豪。

Congratulations. I'm so proud of you.
恭喜，我深深以你為榮。

Congratulations. I'm so happy for you.
恭喜，我為你感到開心。

Congratulations! You've earned it.
恭喜，這是你努力爭取來的成果。

Congratulations on your _____.
graduation 畢業／ successful presentation 簡報成功
promotion 升職／ wedding 結婚／ retirement 退休
new baby 嬰兒新生／ new home 喬遷入厝

人生的重要里程碑，都可以恭喜一下喔！

（3）外在讚美類

　　據說，連模特兒都對自己的臉蛋、身材有不滿意的地方，
適度給對方稱讚，是刷好感度的祕訣。若是異性間，應注意**避開**

有過度性暗示的部位，以免一不小心變成「怪叔叔」。若都是女生，你當然可以讚美對方身材保持得宜、唇形很美；都是男生，你當然可以說：你看起來體格很結實，平常有在練喔！

Your smile is contagious.
你的笑容是具有感染力的。

I bet you make babies smile.
我敢說連嬰兒都會被你逗笑。

Your hair looks stunning.
你的頭髮超有型的。

Your voice is magnificent.
你的聲音非常迷人。

Your skin has the best glow.
你的皮膚好到發亮啊！

（4）內在欣賞類

開始往內走，讚美朋友的特質與個性，如果這樣讚美夠貼切，會讓聽者有種「我被看見了」，感受到遇見知音的快樂。

You're a smart cookie.
你是個聰明機智的人。

You have a heart of gold.
你人好好。（心地善良）

You have a great sense of humor.
你非常幽默。

I like your sense of humor.
我喜歡你的幽默感。

You're **even** more beautiful on the inside than you are on the outside.
你是人正心美的最佳代言人。
（這個 even 很重要，表示外在很美，內在更美）

You're so thoughtful.
你好貼心。

（5）能力肯定類
稱許朋友突出的能力與優勢，能讓人有被珍視與欣賞的感覺。

I love how you interact with little kids.
我超欣賞你和孩子互動的方式。
You're such a hard-working person.
你真是一個努力工作的人。

You always know how to find that silver lining.
你總能在黑暗中發現一線曙光。

You always know just what to say.
你總是能說出最合宜的話。

Your creative potential seems limitless.
你有源源不絕的創造力。

When you make up your mind about something, nothing
stands in your way.
你一旦下了決定，總能貫徹執行。

Any team would be lucky to have you on it.
任何有你的團隊，都是無比幸運的。

You bring out the best in other people.
你總能幫助他人，活出最好的自己。

（6）稱許陪伴類

感謝對方和你共享的時間，在享受美食、外出旅行、合作共
事後，都該好好的謝謝人家。

Being around you is like being on a happy little vacation.
和你相處，就好像度假一樣快樂。

You're a great listener.
你是最佳的傾聽者。

You're a gift to those around you.
你是身邊的人最好的禮物。

The way you treasure your loved ones is incredible.
你對所愛的人的珍視是不可思議的。

Thank you for your company.
意思是「謝謝你的陪伴」，不是謝謝你的「公司」喔！

（7）價值認同類

在談話的時候，向對方表達贊同，可以拉近距離，並且讓對方有意願繼續多談一點。

I like the way you put things together.
我非常喜歡你的表達方式。

I couldn't agree with you more.
我不能同意你更多了。意即我同意你的說法。

I totally agree with you.
我完全同意你的說法。

I really like your point of view.
我好喜歡你的觀點。

I'm with you on that.
在這件事情上，我和你有一致的想法。

I take the same view as you.
我和你有相同的觀點。

We're on the same page.
我們在同一頁。意即：我們有一致的看法。

We have the same opinion.
我和你有相同的意見。

That's a brilliant idea!
這個點子太棒了！

（8）行為感激類
向對方的恩惠表達感激，讓對方知道你的感謝。

You are a star today.
你是我的救星。（你幫了好大的忙）

You made my day.

我的一天，因你圓滿。

You make a difference in my life.

你對我的生命，造成了不同。

Thank you for helping me out.

謝謝你為我解圍。

Thank you for your guidance and support.

謝謝你的引導和支持。

Thank you for helping me improve.

謝謝你幫助我進步。

Thank you once again for everything you've done.

再次感謝你所做的一切。

I owe you big time.

我欠你一個好大的人情。

I am grateful for everything you've taught me.

對於你教導我的一切，我充滿感激。

（9）鼓勵肯定類

　　讓朋友知道，他自己有多麼好，特別是對方有點小低潮時，適時提醒他們，看見自己的美好。

You should be proud of yourself.
你應該更以自己為榮才是。

You should be thanked more often.
你配得更多的感謝。

Everyone gets knocked down sometimes, but you always get back up and keep going.
每個人都有遇到挫折之時，但你總是能回到軌道上，繼續向前行。

You're a great example to others.
你是大家的好榜樣。

You're always learning new things and trying to better yourself.
你樂於學習，並且總是努力精進。

You are always a fighter.
你是個不輕言放棄的鬥士。

Tough time don't last, **tough** people like you do.
困難是一時的，像你這樣堅強的人，總能堅持到突破。
（這裡用了兩個 tough，第一個 tough 當做「艱苦」之意，第二個則是「堅韌」，堅韌的人總能挺過艱苦，算是個小小的雙關語意）

You are the one who taught me to look on the bright side of thing.
是你教會了我，如何把焦點放在光明面。

I was so impressed with the way you handled the tough situation.
你對棘手問題的沉著應對，令我印象深刻。

（10）甜言蜜語類

對交情夠好的朋友，不妨來個「全糖加珍珠」，用甜蜜的話語，甜到對方的心坎裡。

You're one of a kind.
你是獨一無二的。

Colors seem brighter when you're around.
有你在，世界是彩色的。

You're a candle in the darkness.

你是黑暗中的一道燭光。

（通常後面還可以接一句 "You light up my life." 你點亮了我的生命）

On a scale from 1 to 10, you're an 11.

如果滿分是十分的話，你大概有……十一分。

Being around you makes everything better.

有你的同在，萬事都變美好了。

Who raised you? They deserve a medal for a job well done.

教養你長大的人，應該得到一面「成就卓越」的獎牌。

（也是小繞一圈，稱讚對方是個各方面都非常好的人）

There's ordinary, and then there's you.

世界上的人分兩類，一種是平凡的人，另一種是你。

（你是卓然出眾的）

You're better than a triple-scoop ice cream cone.

你比疊滿三球的冰淇淋甜筒還迷人。

Actions speak louder than words, and yours tell an incredible story.

如果行動更勝於文字，你的行動力根本就是篇史詩級的

故事。（意思是對方完成了許多事，是個捲起袖子做事的 doer）

（11）萬用填空類
　　舉幾個常用的讚美句子與大家分享，**有下橫線的字**，都可以代換成相同詞性的字，產生出合用的句子來。

Your **accent** is impeccable.
你的口音是無可挑剔的。

　　「口音」可以代換成其他名詞，來滿足當下的情況。例如 "Your Chinese is impeccable. Your performance is impeccable." "impeccable" 無可挑剔這個形容詞，也可以換成 perfect（完美）、faultless（無瑕）。

You have the best **laugh**.
你有天下最棒的笑聲。
（笑聲，可以代換成其他合理的名詞）
You have the best cooking skills.
你有天下最棒的烹飪技巧。
You have the best working attitude.
你有天下最棒的工作態度。
You have the best sense of direction.
你有天下最棒的方向感。

You're such an **awesome** friend.

只要是正面的形容詞，都能造出合理的句子：thoughtful 體貼細心／supportive 充滿支持／trustworthy 值得信賴／generous 大方慷慨，都行。只是冠詞 an，要記得改成 a。

You are a talented **teacher**.

你真是個超有才的：actor 演員／director 導演／dancer 舞者／painter 畫家／writer 作家／musician 音樂家／singer 歌手／barista 咖啡師／pianist 鋼琴師／chef 主廚，只要和創意、創作、才氣，搭得上邊的角色，都可以用上這個句子。

That **scarf** really suits you. 這圍巾和你真搭。

圍巾可代換成任何對方身上的行頭：dress 洋裝／shirt 襯衫／coat 大衣／jacket 外套／tie 領帶／bracelet 手環、手鍊／necklace 項鍊／ring 戒指……。

Our **community** is better because you're in it.

我們的社區，因你而更加美好。社區可以代換成任何群體：team 團隊／school 學校／church 教會／company 公司／class 班級／orchestra 管弦樂團／choir 合唱團／restaurant 餐廳……。

除了萬用填空句，還有照樣造句練習喔！

1 Your ＋名詞＋ is ／ looks ＋（really）＋形容詞

中翻中：「你的什麼非常怎樣。」

Your dress is really elegant.　你的洋裝非常優雅。
Your hair looks stunning.　你的髮型令人眼睛一亮。
Your watch looks really stylish.　你的手錶潮到出水。
Your new shoes look fabulous.　你的新鞋子美呆了。

2 I ＋（really）＋ like ／ love ＋名詞

中翻中：「我好愛這個。」

I really like your sunglasses.　我好愛你的太陽眼鏡。
I love this vegetable curry.　我超愛蔬菜咖哩的。
I really love your story.　我好愛你分享的故事。
I really love your homemade cookies.　我好愛你親手做的餅乾。

3 This ／ That ＋ is ＋冠詞＋形容詞＋名詞

中翻中：「這是個非常怎樣的什麼。」

This is a really dramatic photo.　這是張充滿戲劇張力的照片。
That is an awesome sports car.　這是台超威的跑車。
That is a fantastic garden.　這是個美好無比的花園。
This is a heart-warming meal.　這真是暖心暖胃的一餐。
This is a terrific movie.　這是部傑出的電影。

關於評論電影，還有一個很好的形容叫 instant classic，instant 是即時，classic 是經典，這兩個本質上相反的字，放在一起卻有新意，意即雖然剛上映，但卻註定要留名影史，可以翻作「一炮而紅的經典之作」。

4 What a ／ an ＋形容詞＋名詞！
中翻中：「多麼怎樣的什麼啊！」

What a nice view!　　多麼棒的視野啊！
What a touching story!　　多麼感人的故事啊！
What a wonderful trip!　　多麼美好的旅程啊！
What a magical Christmas Eve!　　多麼夢幻的聖誕夜啊！
What a lovely living room!　　多麼溫馨的客廳啊！

若對方以廚藝自豪，也有設備完善的廚房，當然也可以說：

What a lovely kitchen!　　多麼舒適的廚房啊！

5 You are such a ／ an ＋形容詞＋名詞
中翻中：「你真是個怎樣的什麼。」

You are such a good friend.　　你真是一個好朋友。
You are such a creative musician.　　你真是個充滿創意的音樂家。
You are such a talented dancer.　　你真是個才華洋溢的舞者。
You are such a wise leader.　　你真是個充滿智慧的領袖。

You are such a thoughtful student.　你真是個貼心的學生。

6 You did a ／ an ＋形容詞＋ job on that ＋事物
中翻中：「你的什麼事做得怎樣。」

You did a great job on that project.　你的專案做得超棒的。
You did an awesome job on that presentation.
你的簡報做得超讚。
You did a fantastic job on that assignment.　你的任務做得極好。
You did an excellent job on that test.　你的考試考得很棒。
You did a tremendous job on that painting.　你這幅畫畫得極好。

7 Now that's what I ／ we call a ＋名詞
中翻中：「這才叫 _____ 嘛！」

　　這句萬用句，是我的澳洲朋友 Craig 教我的。他總愛嗆我說，咱澳洲人是大口吃肉、大口喝酒，連龍蝦都是一整隻在嗑的。他說，在台灣從來都沒有吃過真正的牛排，那些都是 a slice of beef「牛肉片」而已。有次他的「肉癮」犯了，問我哪裡可以吃到真正的牛排，我就帶他到台中的牛排館，點了一份嚼勁十足、加厚加大的紐約克牛排──傳說中的男人牛排。

　　餐後，他一臉滿足的說 "Now that's what I call a steak."（這才叫做牛排嘛！）這個句型超好用的，凡是吃到一個超到位、超夠味的美食，或者體驗了某個非常美好的事物，都可以用。特別是當別人款待你的時候，這樣回答，會讓招待你的人，備感光榮。

吃到了真正辛辣帶勁、成分、作法無調整的道地咖哩，你可以說：

Now that's what I call Indian curry. 這才叫做印度咖哩嘛！

和朋友一起看《樂來樂愛你》（La La Land），你可以說：

Now that's what I call a musical film. 這才叫做音樂劇嘛！

有機會和朋友試乘跑車，或者參與超跑展，你可以說：

Now that's what I call a sports car. 這才叫做跑車嘛！

被朋友邀到陌生的足底養生館，初次見面的師傅，竟然把你對腳底按摩的認知，完全拉高到一個靈魂出竅的層次（有沒有那麼誇張！？），你可以說：

Now that's what I call a foot massage.
這才叫做腳底按摩嘛！

吃到了道地美式風格的起士漢堡，你可以說：

Now that's what I call a cheese burger.
這才叫做起士漢堡嘛！

我個人會這樣說，「這不只是起士漢堡，根本是啟示漢堡啊！」一個到位的起士漢堡，應該要 "meaty, juicy, and cheesy"（肉大、多汁、乳酪會牽絲），是很多人心中完美的 comfort food（撫慰心靈的美食），但是對呼吸就胖的奶爸而言，則是 guilty pleasure（邪惡的美味）。

（12）回應讚美與稱許

面對外國人的讚美，台灣鄉親下意識的回答就是：「沒有、沒有，哪裡、哪裡。」比方說，被稱讚英文不錯，可能我們的回應常會是 "No, no, no ...! My English is very poor." 這樣的回答，是華人習慣的自謙，但有注意到一開始那連珠炮似的 "no" 嗎？我們的自謙，是不是也有點否定了對方的好意呢？或許，還因此得罪了別人呢！

所以當外國人讚美你的時候，不必刻意謙虛，也不要急著否認，最好的回應方式是：**接受讚美，表達感激，歸功他人。**

你可以這樣表達感激：

1.Thank you.
（簡潔有力地表達謝意）

2.Thank you. That's very kind of you.
謝謝，你真好。

3.Thank you. I appreciate the compliment.
感激你的讚美。

4. Thank you. I am very grateful.

謝謝，我很感激。

5. Thanks. I'm glad you enjoyed it.

你喜歡真是太好了。

6. Thanks for noticing.

謝謝你留意到我的優點。

7. Thank you, it's very sweet of you to say so.

你真是嘴甜心甜。

8. Thank you! You just made my day.

我今天做夢都會笑了。

9. Thanks very much! You look very nice too. I like your coat.

（這招叫借力使力，接受對方的讚美，馬上讚美回去）

10. Coming from you, that means a lot.

That means a lot coming from you.

這句話從你口裡說出來，對我意義重大。

不只接受了讚美，並讓對方知道，你有多麼看重他的想法。
接下來五句，為你示範**如何歸功給他人**。

11. Thank you. **We** all put in a lot of effort.

我們真的投入了許多心血。

12. Thank you for acknowledging **our** hard work.

謝謝你認可了我們的努力。

13. Thanks a lot! **Our** victory is a result of long hours of practice.
我們的勝利，是大夥長時間練習的成果。

這三句，只要把 I 和 My，改成 We 和 Our，就能表現你的團隊精神。老美常說 There is no "I" in "TEAM". （團隊中，沒有「我」，只有「我們」）。

14. Thanks! It wasn't all my work, _____ worked on it too.
15. That's very kind. I'll tell _____, he helped me a lot.

空格內，可以代換成任何一同努力的夥伴。

在接受讚美時說「謝謝」，並不表示驕傲，而是謝謝別人的肯定與欣賞，謝謝別人願意這麼說。接受讚美也是需要練習的喔！讓給出讚美（pay someone a compliment）、接受讚美（receive a compliment）成為我們生活中的一個習慣吧！

2·第二式：打開話匣子，嘴巴停不了

接下來，是打開話匣子的問題。和斯斯一樣，問題分成三種：封閉式問題（closed-ended-questions）、開放式問題（open-ended- questions）、心機複合式問題。以下分別舉例說明。

（1）封閉式問題

封閉式問題，常以「**yes ／ no** 問句」的形式出現，yes ／ no 問句是以「助動詞」或「Be 動詞」開頭的疑問句，顧名思義是可以直接回答 yes 或 no 的問句。封閉式問題常能以簡潔的答案回答：是或不是、要或不要、會或不會，但也因此**很容易讓你變成句點王**。所以，封閉式問題可以用，但不要一直用、一直用，不然聊天很容易中斷。

以下為封閉性問題的例子：

Is English your favorite subject?
英文是你最愛的科目嗎？

Are you feeling better today?
你今天狀況好些了嗎？

Are you a cat or dog person?
你喜歡喵星人還是汪星人？

Do you like sport?
你喜歡運動嗎？

Does two plus four equal six?
二加四等於六嗎？

Have you ever been to Japan?
你去過日本嗎？

Can I help you with that?
我能否幫上忙呢？

Could you please do me a favor?
能否請您幫我一個忙？

May I use the computer?
請問我可以使用這台電腦嗎？

Should I date him?
我該不該和他約會呢？

Would you like to go to the movies tonight?
你今晚想不想看電影呢？

這些問題是不是都很容易回答呢？因此封閉式問題多用於「**確認資訊或意願**」，不是拿來聊天用的，除非你很有心機地使用這些問題，這個我們留到第三種問題再談。

（2）開放式問題

開放式問題，常以「**wh —— 問句**」的形式出現，以 wh —— 的疑問詞來開路，通常沒有標準答案，比較容易得到「**個**

人化的回答」，因此常於**訪談、社交場合**中使用。

以下為開放式問題的例子：

Who is your favorite actor?
你最喜歡的男演員是誰？

What is your favorite memory from childhood?
你最懷念的兒時回憶是什麼？

What are your plans after college graduation?
大學畢業後，你有什麼計畫呢？

What sights do you expect to see on your vacation?
這次的假期中，你最期待要遊歷的景點有哪些？

When are you going back to Japan?
你何時回日本呢？
（「日本」可代換成對方的國家）

What is it like to live in India?
印度的生活，是怎樣的情景啊？
（「印度」可代換成對方的國家）

How did you and your best friend meet?
你和你的摯友，彼此是如何相識的？

Why are you so happy?

為什麼你會如此快樂呀？

What would be your ideal superpower?

你最想擁有的超能力是什麼？

Why do you want to be a nurse?

為什麼你會想成為一個護士？

（「護士」可代換成對方的職業）

How **do** you like your steak?

你喜不喜歡吃這份牛排？

How **would** you like your steak?

你的牛排想要幾分熟？

差一個字，差很多喔！

奶爸流口水

上面這個問題，可以這樣回答：

blue rare 接近生肉	**medium** 5 分熟
rare 1 分熟	**medium-well** 7 分熟
medium-rare 3 分熟	**well-done** 全熟

開放式問題，可以挖掘出更多資訊。但如果在談話中，完全都是開放式的問題，會給人一種正在「被採訪的感覺」，不像是朋友之間的聊天。因此，有了奶爸摸索出來的第三種問句——心機複合式問題。

（3）心機複合式問題

此類問題，有三種常用起手式，分述如下。

第一招　問問相連到天邊

先用 who（人）、what（事）、when（時）、where（地）提問，再用 why（為何）、how（如何）追問。若對話在進行中，這個 why 或 how，也可以等對方回應完前半部分，再接著追問細節。

What is your favorite flavor of ice cream and why?
你最愛什麼口味的冰淇淋？為什麼呢？

Where do you want to travel on your next vacation and why?
下一次假期，你想到哪裡旅行？為什麼呢？

When is your birthday and how do you like to celebrate?
你的生日是哪一天呢？你想怎麼樣慶祝呢？

What is your best quality and how can it help our company grow?

你最棒的特質是什麼？它將如何幫助我們公司成長呢？

If you could have dinner with anyone, dead or alive, who would you choose and why?

如果你能和古今中外任何人物共進晚餐，你會選誰呢？為什麼？

你的答案是什麼？是甘地、達文西、蘇格拉底、還是愛因斯坦呢？這個問題，許多外國小朋友被問過，他們共同的答案都是：「跟我爸媽呀！」小朋友們的答案，超乎大人的想像，但又無比合理啊！

第二招　先閉後開、欲擒故縱

將「yes／no 問句」與疑問句結合，變成「心機複合式問題」。同理，若對話在進行中，後面這個疑問句，也可以等對方回應完前半部分，再接續發問。

Do you have a pet and what is your pet like?

你有養寵物嗎？它是怎樣的動物呢？

Do you like rain and what do you usually do during rainy days?

你喜歡下雨嗎？你在雨天時通常都做些什麼呢？

Are you happy? What brings you the most joy in life?

你快樂嗎？什麼事物能帶給你最大的喜樂？

Do you enjoy your new scooter? Why did you decide to purchase a Gogoro?

你喜歡你的新摩托車嗎？你為什麼決定買 Gogoro 電動車呢？

Have you read any good books recently? What's the book about?

最近有讀到哪本好書呢？那本書談的是什麼？

Did you watch the Grammys this year?
How do you like it?

你有沒有看今年的葛萊美獎頒獎？你喜不喜歡呢？

葛萊美獎，當然可以代換成其他眾人矚目的焦點如：The Oscars 奧斯卡頒獎典禮／NBA Finals NBA 冠軍賽／Super Bowl 美式足球冠軍賽／Wimbledon 溫布頓網球公開賽。這些年度性的大事，通常都能開啟一些話題。（畢竟，一日球迷很多啊！XD）

第三招　拋磚引玉、放線釣魚

先拋出話題再追問，拋磚引玉的提問法。

Your lunch looks delicious. Did you make it yourself?

你的午餐看起來美味極了。是你自己做的嗎？

如果是，可以再接 Wow! You really know how to cook.

如果不是，可以接 Can you tell me where can I get it?

I see you're drinking the special cocktail.

我看到你點了一杯特調雞尾酒。

Would you recommend it?

你會推薦我也來一杯嗎？

I love your hair.Do you have a favorite salon?

我好喜歡你的髮型。你有特定的美髮沙龍嗎？

Have you been watching Game of Thrones?

你有沒有在追《冰與火之歌：權力遊戲》啊？

What do you think about the latest episode?

你覺得最新的一季如何？

I started watching House of Cards on Netflix.

我開始在 Netflix 上看《紙牌屋》了。

Is there anything else I should watch?

有沒有其他推薦的必追影集？

Have you seen Fast & Furious 8 yet?
《玩命關頭 8》你看了嗎？

對方如果回答看了，就可以接著問：
Do you recommend it? 你推不推呢？

對方如果回答還沒，你可以改問：
Do you plan to see it? 有沒有計畫要看呢？

I love the Super Bowl Halftime show this year.
我超愛「超級盃」的中場表演。
Do you think it was as good as last years?
你覺得和去年的一樣精采嗎？

這個例句要特別講一下。超級盃是美國的體壇大事，通常於一月最後一個週日，或二月第一個週日進行。相較於 NBA 和大聯盟七戰四勝制的冠軍賽，超級盃是一戰決生死，因此是體育迷不能錯過的頂尖交鋒。超級盃星期天（Super Bowl Sunday）是美國單日食品消耗量第二高的日子，僅次於感恩節。

超級盃的中場表演（halftime show），則是演藝人員一年一度的盛事，能登上這個全球矚目的舞台，是一生的成就。每個人心中，都有各自的 Top10 中場表演排名，但其中的 Top1，幾乎沒有異議的，是由 King of Pop – Michael Jackson 拿下。麥可傑克森更創下超級盃史上第一次，中場表演的收視率超越了球賽的收視率，至今仍是美國電視史上的收視率奇觀。

Michael 在開場時靜立在台上，接受觀眾的鼓譟長達一分半之久，光站著就 hold 住了全場。據說人類歷史上，只有三個人有這樣的群眾魅力：演唱會上的麥可傑克森、全盛時期的貓王、對群眾講道的耶穌。Michael 就這樣一動不動地站著，站到你以為電視機壞掉的時候，他一個 move 開始了席捲全場的表演，幾乎讓人忘了今天是來看球賽的，也為超級盃中場秀寫下無法抹滅經典時刻！（請至 YouTube 搜尋：michael jackson super bowl，重溫這經典的一刻。）

壓箱寶　奶爸常用組合技

除了這三招，奶爸還有壓箱寶。以下的幾個問題，是我在火車上，和外國旅人們交流，最常使用的幾個問句，無論遇到誰，我問的問題其實都是這幾個，但每個人的回應各有不同，因此每一次得到的答案，都能夠成為我「有機式學習」的一部分。人人可以為我師，歡迎整碗端去、比照辦理。

我慣用的開場白是：

Hi, My name is Michael. I am learning your language now. It would be wonderful if we can share a few minutes of this trip together. Do you have a minute?
你好，我是麥克。我正在學習你們的語言，如果能和你共享旅程中的幾分鐘，對我而言是非常美好的。你有沒有一點時間呢？

通常，這樣的開場白，都能獲得友善的回應 "Sure, of course." 我會回一句 "Thank you. That's very nice of you." 然後，我就能開始拋些問題，開啟對話。以下就是我最常用的幾個問句。

Where are you from? ／ Where do you come from?
　　兩句都行，但留意不要講錯，開始對話的第一個問句，形象要顧好。

Where are you come from?
　　（✘）同時出現兩個動詞，文法錯誤。
Where do you from?
　　（✘）只有助動詞，沒有主要動詞，文法錯誤。

　　第一個問句是印象分數，一定要拿到。之後說錯，我們就睜一隻眼，閉一隻眼吧！

How long have you been here?
你來台灣多久了呢？

What is your favorite Taiwanese food?
你最愛的台灣食物是什麼？

What is your first impression of Taiwan?
你對台灣的第一印象是什麼呢？

What do you like about Asia?

你愛亞洲的什麼事物呢？

What put _____ on the map?

什麼事物把 _____ 放上地圖呢？

（意即：_____ 以什麼聞名呢？）

空格處，請填入對方來自的國家或城市。以奶爸的故鄉舉例說明。

What puts Tien Chung on the map?

田中鎮以什麼聞名呢？

Tien Chung Marathon puts this small town on the map.

田中馬拉松，讓這個小鎮變得聞名。

不信可以 Google 一下，田中馬以熱情款待跑者，為參賽選手全程加油打氣聞名，已經成為每年的秒殺賽事，又稱「台灣史上吃最飽的馬拉松」，歡迎你一定要來體驗一次田中鄉親的熱情啊！

What is _____ famous for?

_____ 以什麼聞名呢？

這是另一種問法，怎麼問不重要，重點是尊榮對方的國家。

How do you like it?

你有多喜歡呢？

It 泛指任何你們正在談論的事物，可以是食物、歌曲、電影、旅遊景點……，這是個藉由詢問喜好程度，表達你有專注聆聽的問句。

What is your favorite food in your country?
在你的故鄉，你最喜歡的食物是什麼呢？
故鄉的食物，總能勾動回憶，很容易繼續聊下去。

What is your favorite movie?
你最喜歡哪一部電影呢？

電影也是我行走江湖多年，常用的好聊問題，每個人心中，應該都有喜歡的電影，這些電影，或說中了我們的心事，或點燃了我們的夢想，或提供了英雄的榜樣，隨便聊都很好聊啊！

壓箱寶　江湖救急萬用問句

人在江湖飄，哪能不挨刀？以下的幾個句子，則是我最常用的**救急句子**，你可能也需要。為你備著，有備無患。

Can you say that again? 能否再說一次呢？

有兩種情況會用到這句，第一種是**對方語速較快**，以致於你聽不清楚。這個問句，能變相提醒對方將語速降低。第二種，是對方的回答中，有一個**聽不懂又嚴重影響理解的關鍵字詞**，當他再說一次時，請你專心聽那個字，把它的聲音記下來，然後馬上

用以下兩個句子追問。

What is the meaning of _____?
_____ 是什麼意思呢？

Could you help me spell it?
能不能幫助我拼出來呢？
這時，我一定會把這個詞抄起來，回家找時間查清楚。

有個提醒是：**不要一直問一直問**。對方不是我們的家教老師，沒有義務一直為我們解惑。我通常在與一個人的對話中，會設一個「**停問點**」：不抄錄超過五個單字。能在一個人身上，學到五個新單字，已經夠本了，再有聽不懂的，就隨緣吧！能繼續對話下去，比較重要啦！

Is there a specific way to say it?
這個事／物，有沒有更精確的說法？

比方說，我一時忘了洗髮精的英文，我會先說 "The thing I use to wash my hair."（我用來洗頭的那玩意兒），然後，再問對方 "Is there a specific way to say it?" 就能得到我的解答 "Oh, we call it shampoo."（我們管它叫洗髮精）。

How do you describe this feeling in English?
這種感覺／情緒，在英文裡怎麼說呢？

通常在聊天的時候，如果發現有個感受，想說卻找不到準確的字眼，我會向外國朋友舉例，然後問出來最好的說法。

The very first time I saw the sunrise in Alishan, I felt excited and very happy. Well, I was more than happy, I felt like it was the best moment of my life. It felt like heaven. How do I describe that feeling in English?

我第一次看到阿里山的日出，我覺得既興奮又快樂。不，我比快樂更快樂，那好像是我生命中最棒的時刻。像天堂般的體驗。在英文中，我該如何描述那時的感受？

"Happy" is not enough to describe your feeling, maybe the better word would be"ecstasy".

「快樂」已經不足以形容你的感受了，或許更適切的字會是「狂喜」。

How do you describe the taste of this _____?

空格內可填入你正在吃的食物，或乾脆不填，直接用手指著你說不出名字的食物。和外國朋友一起用餐時，可以用這個問句，來學習如何描述食物的味道。透過他們的描述，我們可以學習到更道地的表達方式。

我的撇步都在這章裡面了，如果你需要更多打開話匣子的問題，請用 Google 搜尋關鍵字 "conversation starters" 或

"questions to spark a deep conversation"，你可以找到更多開啟對話的問題或話引子。

最後，我想先為你打支預防針。

攀談失敗，是攀談成功之母。如果你的前幾次攀談，都以失敗告終，請不要灰心、繼續嘗試。至少至少，你已經解開了一個「**被外國人拒絕攀談的成就**」。如果你真的勇敢踏出第一步，**第一次「成功被拒絕」**後，請你務必為你的勇氣，為自己慶祝一番，還記得我們的慶祝原則嗎？不符合比例原則、史詩般地慶祝你的微小勝利！

先預祝你攀談失敗，更預祝你攀談成功。

除了英語以外的談話藝術

在和陌生人攀談的時候，你呈現的第一印象，決定了一半以上的成功率，你可以用這個融化冰山的 S.O.F.T.E.N. technique，來經營你談話時的「非語言印象」（non-verbal impression）。

S.O.F.T.E.N technique，借用了 soften「使柔軟」的含意，來玩一個藏頭的文字遊戲，既符合要表達的內容，又方便我們記憶。

（1）S for Smile：微笑

溫和的微笑，除了是無害的象徵，也是向對方發出**潛意識的溝通邀請**，不管怎樣，微笑就對了。你可以透過鏡子，多練習幾次。

（2）O for Open up your posture：開放的姿勢

根據加州大學伯克萊分校（UC Berkeley）的研究，他們將三千張不同姿勢的照片上傳到交友網站，發現在照片中採取兩手張開、舒展肢體等「開放性姿勢」，會比雙手抱胸、肢體僵硬的「封閉性姿勢」要更受歡迎，邀約的回覆比率，差異多達 25%。一句話都沒說，光姿勢就造成了差別，**沒有高知識，也要先有高姿勢。**

（3）F for Forward lea：身體微向對方前傾

身體微向前傾，傳遞的非語言含意是：我對你談到的此事，**感到關心或有興趣**。想一下你看電影時的下意識姿勢，如果是節奏較慢的場景，你可能會把椅子坐滿，舒服地靠著背，放鬆地觀看。如果是節奏緊張、明快的關鍵場景，你會發現你因為聚精會神，身體自然離開椅背，微向前傾了。當對方談到興高采烈時，你可以適度地將身體向前傾，以**表現你的關注度**。

（4）T for Touch or Take notes

T，有兩派說法。一派認為是**身體接觸**，一派則認為是要**作筆記**。無論是哪一個，都要適度使用。先談身體接觸，在網路時代，人與人的交流，往往隔著一個螢幕，因此適當的身體接觸，能有效建立真實的連結。

在攀談中，若能在自我介紹時，自然地和對方握到手，就能快速拉近彼

此的距離，你只需在説 "Hi, my name is _____. Nice meeting you." 時，自然伸出手即可。然後，依照我的經驗，第一次談話的對象，無論對方的性別，**身體接觸都應以握手為界線**，不要再有更多的碰觸。最多就是道別時，再握一次手，並感謝對方與你分享的時間。

再來是做筆記，偶爾拿起筆來，記錄對方説的話，是表示對説話者的尊重，但是對於第一次攀談的對象而言，則容易顯得太過刻意而不自然。所以，我建議除了聊天時**談到的關鍵字**，比方説對方提到的書名、地名、電影名稱，可以寫下來，方便於日後查詢外，不要一直做筆記。

（5）E for Eye contact：眼神接觸

眼睛是靈魂之窗，適度的眼神接觸，讓對方感受到你的同在，而不是人在這裡，心神卻已經魂遊象外。適度的**目光接觸**，也能夠傳遞出**你擁有健康自我形象的訊息**。現在的低頭族越來越多，能夠好好看著對方説話，是非常討喜的社交能力啊！

（6）N for Nod：點頭致意

不用到「點頭如搗蒜」的程度，但是在對方説話時，適時地點頭回應，傳遞出的非語言訊息是：**我都聽進去了，請再多説一點。**會讓説話者有**被理解、被看重**的感受，常能鼓勵對方繼續分享更多。

除了 S.O.F.T.E.N. technique，奶爸在教會曾經學習「同理心課程」，其中有一部分是**主動聆聽的技巧**，加上我的個人經歷，我把它整合成「**四不兩要三原則**」，不只是與外國人攀談，連在日常生活中與同事、朋友、家人互動時，都非常好用。

每個人都有故事，如果你有好的聆聽技巧，他們的心門就會為你而開，細細傾訴。聽過對方的故事，你們就很容易變成好朋友了。

（1）四不：不批評、不教導、不搶話、不建議

這四件事，都很有可能使你變成「對話終結者」。因此，在對方訴説他的心情與遭遇時，請放下你的道德判斷，放下你的專業背景，即便心中已經有定論，都請你先忍住，先讓對方把話好好講完。

不批評、不教導、不搶話，這三者都很容易理解，但是身為朋友或師長，實在很難不給對方一些建議啊！尤其是當局者迷，對方眼睛像是被蛤蟆

肉黏到，你真恨不得能將對方一棒敲醒。但是，請你先忍住建議的衝動，因為你必須先透過聆聽來支持他，才能贏得對方的信任，有了這個信任，我們的建議才能夠真正被聽進去，不然，都是耳邊風而已。People don't care how much you know, until they know how much you care.（人們根本不在乎你到底知道多少，直到他們知道，你到底有多在乎）

最高原則：**不建議，先傾聽，直到對方邀請你給出建議。**

（2）兩要：要重述對方的話，要說出對方的感覺

對方說話到了一個小段落，你要重述對方談話中的重要訊息。一方面，是確認你所聽到的訊息無誤；另一方面，則是透過重述，讓對方知道你**夠專心、夠在乎。**

然後，在聆聽完一個段落後，要梳理出對方在談論的事件中，他心中的感受，以及對事件產生的情緒。這個動作，能讓談話者明確收到「你懂我」的感覺。

簡單說，兩要就是，**要簡單重述對方所提的事件、要提出該事件所帶來的情緒影響。**舉例說明：

說話者：

「我快被我的同事氣死了，主管交辦的事，自作主張全部攬在身上，一直到今天才告訴我們，他搞不定需要大家的幫忙。問題是週五就要交件了，剩三天是想逼死誰，我們整個部門，被逼著要連續加班三天了。而且，主管還怪我沒有盡到小組長的職責，沒有幫助組員做好進度管控，問題是消息根本沒有傳到我這啊！這黑鍋揹得太冤了，我吞不下去啦！」

傾聽者：

「所以你是說，你的組員沒有把收到的消息告訴你，以致於你沒能夠管控好進度，不只要付上連續加班三天的代價，還被主管誤會自己沒有盡責（**要重述對方所提的事件**），所以感到非常生氣和委屈嗎（**要說出對方的感覺**）？」

說話者：

「厚！對對對！我就是這個意思啦！」

善用這兩個「要」，你一定可以**成為優質傾聽者**。

（3）與人談話的三原則

① 合作的原則

跟任何人說話都抱著合作的態度，**順勢而談**。不要動不動就「吐槽」別人，也**不要自己開一個視窗**，聊起自己的事情來。比方說在一個女生偏多的場合，自顧自地聊起當兵的事，即便姐妹們表面仍保持著笑容，但是相信我，他們的內心小劇場，絕對是翻白眼翻到後腦勺去了。

② 欣賞的原則

沒有人會拒絕稱讚與欣賞。如果我們在與人談話時，先有這樣目標設定：我盡量多聽少講，該講的時候，我要**用我的言語來造就對方的生命**。讓對方感到自己是重要的、是有價值的，那麼你一定能營造出一段高品質的談話。

③ 專屬的原則

尊重對方，**營造一對一的氛圍**。英文中，全神灌注的聆聽，是這樣說的 "I am all ears."，接近於中文裡的「洗耳恭聽」，我以你為重，你是這段談話的 VIP。你可以做一個小動作，來表達你的專注程度，就是在談話的開始，**在對方面前**將手機關機（或切成靜音），然後收到包包裡。在這大家都忙碌的時代，這個貼心的小動作，絕對能讓對方倍感尊榮。

以上便是「**四不兩要三原則**」，對於當時想多聽外國朋友說話，進入**有機式學習**的我而言，實在是超級實用的，而且為了重述對方說的事件，我發現自己的專注力大幅提升，聽力也進步很快。這幾招真實有效，一定要與你分享，祝福你也能「**說出一朵花，聊出一片天。**」結交到跨文化、跨語言的好朋友。

最後，我想用這首小詩，來結束這個 Tip。友情，是獨立於愛情、親情之外，另一種愛的形式。關於朋友之間的相處，激盪出來的火光，彼此陪伴、彼此成全，並尊重彼此的獨立空間，我覺得說得最好的，是世界知名的心理治療師，家族治療的先驅——維琴尼亞·薩提爾（Virginia Satir），與你分享，願我們也能擁有這樣生命品質，經營出健康的友情。

《我生之願》（**Goals for me**）

I want to love you without clutching;
我想愛你而不掌控
appreciate you without judging;
欣賞你而不論斷你
join you without invading;
參與你卻不冒犯你
invite you without demanding;
邀請你而不必強求
leave you without guilt;
離開你而不覺歉疚
criticize you without blaming;
指正你而非責備你
and help you without insulting.
幫助你而不羞辱你
If I can have the same from you,
若你也能如此相待
then we can truly met
那麼，我們就能真誠相會
and enrich each other.
我們的生命，得以彼此潤澤。

九病必成良醫
說錯比不說好 87 倍

這一章，我們來談「**說錯**」這檔事。

先從一個我親身經歷的故事談起。在第八章提到，我決心利用各樣的機會，透過服務外國同事，來創造使用英語的機會，目標遠大、方向正確，但一開始我可是常常說錯話呢！其中一個永生難忘的經驗，就來自於和澳洲好友 Craig 的對話。

當時，Craig 剛到台灣沒多久，人生地不熟，對於田中小鎮的一切，可以說是一無所知，連上哪覓食都還弄不清楚。我的大妹告訴我，幾次用餐時段經過麥當勞，都看到了這個「新外國人」的身影，他幾乎餐餐都吃麥當勞。一聽到這個消息，我的「里長魂」整個燃燒起來，決定要主動提出邀請 "Show him around."（帶他到處逛逛）。

隔天遇到 Craig，馬上跟他提議說，週末帶他到處走走，把食衣住行的場所介紹給他。然後，順著這個話頭，我就提到了他餐餐吃麥當勞的狀況。他馬上回我一陣爽朗的笑聲，問我怎麼知道的，我對他說：「我的妹妹經過時看到，是她告訴我的。」這句平凡無奇的回答，卻引發了 Craig 好大的反應，他馬上收起了臉上的笑容，嚴肅地回了我一句 "I am sorry to hear that. Gosh! When did it happen?"（真遺憾聽到這個消息。天啊！這是何時發生的事？）

我簡直一頭霧水，經過麥當勞這件小事，為什麼要說 "I am

sorry to hear that." 但是既然他問了 "When?" 我就照著回答 "Every lunch time."（每天的午餐時間）。在我回了這個答案後，他的臉上，就呈現半呆滯半狐疑的狀態，是我完全無法理解的表情，用句鄉民愛用的網路流行語，就叫做「滿臉黑人問號」。

到底我們的對話在哪裡出了問題？

Craig 在一陣沉默後，試探性地問了一個問題，終於找到凶手了。他說 "Michael, when you said **pass away**, were you trying to say **pass by**?" 然後，我就整個清醒了，超醒的。原來，我用錯介系詞了，本來要講的 pass by（經過），我一時口快講成了 pass away（過世）。

你能明白他心裡為何七上八下了嗎？他問我：「怎麼知道我每餐都吃麥當勞？」我回他：「我妹過世的時候告訴我的。」（是不是超驚悚的！ Monica，請原諒我當時的菜英文）他問我：「這憾事何時發生的？」我回他：「每天中午都死一次。」（這是什麼鬼啦！）一個不小心，就讓妹妹蒙主寵召了。

這豈止是說錯而已，根本就是「**史詩級的口誤**」啊！但是你猜怎麼著？我**此生再也不曾**弄錯這兩個動詞片語了。不用背十次、抄十次，**說錯、用錯一次，能在心中留下更深的印象**。

有幸成為一個全職爸爸，第一手參與了孩子的語言發展，加上我有些語言教學背景，這段見證幼兒從無到有，建造語言能力的過程，真是精采無比、令人驚嘆。這段時間，我花很多時間思考、觀察，如何成為更好的語言學習者，無心插柳下，順便讓我成為了更好的語言教學者。（這話是真的，我開始全職帶孩子的時候，根本還沒有「英文自學王」這堂課呢！）

如果要用一段話，來總結這段日子的觀察，我會這樣說：

「說錯，是語言學習中的必經過程。說錯，比說對更可貴。」

語言，本來就是透過**說錯、除錯、修正的過程**，逐漸建立起來的能力，每個孩子都是這樣學會了自己的母語。孩子們完全沒有面子問題，也沒有偶像包袱，嘰哩呱啦卯起來一直講，說錯了沒在怕的，改正過來繼續說，說著說著就學會講話了。

我都跟成人學生說，要學會第二語言，就要**回轉像孩子一樣**，因為在我們裡面，住著一位曾經成功把中文學起來的孩子。在回轉像孩子的前提之下，有兩個變因是我們需要努力的，一是**面子問題**，二是**學習環境**。

面子問題，交給目標設定來處理。把學英文看得比自己更重要，然後，**為這個比自身更大的目標努力**。如果你的目標，是成為一個能使用英文的人，我們自己先能做的，就是放下「怕說錯」的包袱，**把目標看得比面子更重要**，寧可開口說錯，都比閉口不言好上 87 倍。一句心法送給你：「堅持、不要臉、堅持不要臉。」

第二個就比較有難度，是關於**學習環境的營造**。

在 語 言 學 習 的 領 域 中 ， 有 個 叫 「**語 言 長 輩**」 的 概 念 （language parent，沒錯就是我們常翻作「父母」的那個字，不過這裡是單數，所以我**翻**為長輩）。學習新語言最好的途徑，就是擁有一個語言長輩，像爸爸媽媽教孩子說話一樣，**鼓勵我們多說，協助我們除錯**（無論在發音上或文法上的改正）。

難就難在這裡了，好的 language parent，在現實生活中，特別是在台灣，根本像珍禽異獸一樣難尋。無怪乎很多台灣鄉親，都認為自己英語學不好的主因，就是因為缺少環境。對，我們的確缺乏環境，但是更正確的說法是：「**我們缺少犯錯的環境**。」

那該怎麼辦呢？聽起來，最佳的解決方案就是——搬到美國去呀！好，我知道，這並不在你的生涯規畫中，我們暫時把這個選項槓掉。但是，假設你真的有機會到英國、美國長住個幾年，你會發現這並不等於英語絕對會進步（比方說那些常年住在唐人街的長輩們），重點還是你是否願意踏出舒適圈去嘗試說錯。

　　次好的選項，可能會是趁著年輕，頭好壯壯、身無家累的時候，到澳洲去打工度假（working holiday），拓展國際視野，順便學習英語。這個理念很棒，但是，我必須先說，如果你的英文沒有一些底子，最終的結果，可能會事與願違。

　　我幾個到澳洲打工度假的朋友，去了澳洲一兩年後，回到了台灣。我有機會和他們談談這些年的變化，發現了一個有趣的現象：原本英文不錯的朋友，英文變得更好、更流利了；原本英文能力不太靈光的，還是沒什麼長進。

　　為什麼呢？**從事的職業使然**。如果你到澳洲時，擁有較好的外語溝通能力，你比較容易找到服務業的工作，因為接觸的對象是**人**，就有了更多使用英語的機會；反之，如果英語程度不好，你比較可能找到農場或加工廠的工作，接觸的對象是**物**，因此工作時使用英語的機會，相對就少了很多。

　　當然，你也可以懷抱著偉大的夢想，下班後繼續找機會學英語，但比較常見的實況卻是，回到了宿舍，基於彼此照應和容易信任，其實與你相處同住的，經常都是與你來自相同國家的夥伴。而且，經過一天機械式的勞動後，往往身心都顯得疲憊了。（奶爸按：我有朋友的工作是，整天採摘、挑揀奇異果，還有人是整天縫無尾熊填充玩具，因此稱為**機械式勞動**。）

　　因此，即便你有機會出國，我都會建議先在台灣，把**學習心**

態和**基本語言能力**建立起來，讓身在國外的時光，發揮更大的效果。

1 · 發展口說能力的練習方向

好，回到原題。那該怎麼在「缺乏犯錯機會」的台灣，發展英語口說能力呢？有兩個努力方向。

（1）聽優質的聲音素材

首先是**長期、重複聽優質的聲音素材**，聽到地老天荒、琅琅上口為止。這個長久進行的練習，不是為了增加單字量，而是透過重複地聽，建立**英語語感與直覺**。就像孩子一樣，自然而然習得句法與結構，慢慢能說出合理、通順的句子。（奶爸再次叮嚀，對初學者而言，優質素材的定義為：**字彙難度適中、正常口語語速、對話式體裁**，而非文章誦讀。比方前面介紹過的 "Speak English like an American"）

（2）創造使用英文的機會

第二個可以努力的方向，是**創造使用英文的機會**。除了第八章與大家分享的「攀談」，還有兩個關鍵字可以嘗試，第一個是「**國際演講協會**」（Toastmasters），第二個是「**語言交換**」（language exchange）。你可以透過 Google 或 Facebook 的搜尋欄，來查詢是否有離你較近的聚會聚點（**中英文關鍵字都請試試看**）。

兩種社團的性質有些不同，Toastmasters 難度較高，組織較

為正式，比較屬於有些英文底子的人，磨練「上台演講」的組織，YouTube 上有不少 Toastmasters 的演講比賽的影片，英語都很有水準。Language exchange，沒有官方組織，由各地熱心的團主揪團聚會，通常會是在安全、開放的空間（比方說咖啡廳或餐館），想學中文的外國朋友，也會參與其中。任何想要加入聚會、聊天的人，只要透過網路事先報名，基本上都是被歡迎的。

語言交換的聚會，除了分攤場地費和餐費外，通常沒有額外的費用；國演講協會，則在入會時收取年費，供社團運作使用，費用也算合理。不論你選擇的是哪一種，最重要的前提都是：「**臉皮雄厚，放膽開口。**」我們都是正在學習新語言的人，有機會說錯，才有機會進步啊！

2・奶爸的私家練習法

我個人早期學英語時，還做過兩個很有幫助的練習，也提供給你參考。

（1）自言自語法

第一個練習是「**限定一段時間，用英文自言自語**」，這個練習是從當兵站夜哨時，得到的靈感。（直至今日，這個 "Talk to myself." 的習慣，仍然維持著，時不時就發作一下，太太常常被我嚇到。）

奶爸在高雄的裝甲旅服役，超精實、超硬的野戰實兵單位。整個當兵的過程中，我最享受的時光，就是站夜哨時的片刻寧靜。我可以從男性費洛蒙濃度爆表的軍隊中，暫時的抽離出來，

回到一個身體受限制，心靈卻無比自由的狀態。

我們的哨所很特別，是一個兩層樓高的對空哨，哨所裡有盞超亮的探照燈，由於光線刺眼，樓下的人幾乎看不到站哨的人員，基本上只要往裡面一站，就是完全不受干擾的靜謐小世界。

這段站在光裡的時間，除了複習、抄寫從《蘋果日報》剪下來的英語小專欄外（每天從連上大家看完的報紙中剪下，隨身帶在胸前口袋），我最常做的練習就是「刻意、有意識地自言自語」。

進行的方式是：將**隨身筆記本**拿出來，**設定主題與談話的假想對象**，比方說向外國朋友介紹粽子的由來，或者想像對一群聽眾，說明經典閱讀的重要（這兩件事我都真的做過自言自語練習），然後，**留心**有哪些想講，但**用英語卻講不出來**的想法，把這些有口難言的部分**記錄下來**，方便日後查找，並多加複習，直到這些詞彙能快速回想起來為止。這裡的**回想起來，是指能唸出正確的聲音**，而不用強求能正確拼出來喔（事實上，只要你能常常唸對，正確的拼字就不會太難了）！

這些「想說卻說不上來」的部分，是非常寶貴的。因為這些想表達的想法，是我們的心聲、感想、觀點，是**專屬你個人，坊間課本無法涵蓋的客製化內容**，更是你在聊天時真正需要的詞句。用這樣的方式來增加單字量，我個人覺得比背單字書有效許多倍，因為背的範圍是自己所需的，**真正用得著，就容易記得久**。

你可以從每天撥出五分鐘的練習開始，畫出一段只能用英語表達的時間，留意在這段時間內，有哪些你的日常用品、動作、行程，是你用英語說不上來的，把它查出來，然後常常在做這些事情時，用英語自言自語，假以時日你的口說能力一定會進步的。

以起床五分鐘內的這段時間，所會進行的活動為例：

我睜開眼睛

I open my eyes.

早上七點我醒來了

I wake up at 7 o'clock.

我把冷氣關掉

I turn off the air conditioner.

喔……還是很想睡

Oh, I still feel sleepy.

我邊打呵欠，邊伸懶腰

I yawn and stretch myself.

真的需要來杯咖啡提提神

I do need a coffee to wake me up.

我刷牙洗臉

I brush my teeth and wash my face.

我下樓拿報紙

I go downstairs to get the newspaper.

我上樓準備豐盛的早餐

I go upstairs to prepare a hearty breakfast.

我打開瓦斯爐

I turn on the gas stove.

我煎了一個荷包蛋

I make a sunny side up egg.

好，五分鐘時間到，這些都是五分鐘之內發生的動作。現在把不會的說法，利用 Google 查清楚，查詢方法為，在搜尋欄輸入「**動作空一格英文**」，比方說「打開瓦斯爐　英文」，就會出現許多可找到正確說法的網頁及討論串。**千萬別直接參考 Google 翻譯，要多方對照**，因為在中翻英的表現上，Google 還很有進步的空間（中文博大精深啊！），如果直接用 Google 提供的翻譯，「打開瓦斯爐」會被翻成 "open"the gas stove，外國朋友看到這句子，會誤會你想將瓦斯爐「拆解開來」，正確的動詞應為 "turn on"。

查清楚後，這時就可以好好利用 Google 翻譯了，如果你不太確定如何發音，你可以將查到的說法，複製貼上到 Google 翻譯（App 或網頁版皆可），利用發音功能，得到正確的唸法。然後，**強烈建議把它抄錄在筆記本裡**，有空就多複習用法、唸法，並且在生活中開始「**一邊從事該動作，一邊自言自語**」。

一開始不熟沒關係，**邊忘邊記是王道**，把不熟的英文想起來的過程，就像舉啞鈴一樣，是在鍛鍊我們的「大腦肌肉」。小孩學語言時也是一樣，常常聽常常試著講，越講就越熟練，熟練帶來流利，流利就能自信從容。

（2）受指導的寫作練習

第二個我覺得非常受用的練習，是「**受指導的寫作練習**」。

口語和寫作，就像水和冰一樣，看起來是同一回事，都是使用語言來表達情意、想法，但是卻有**性質上的不同**。口語是流動的，是屬於對話發生當下的瞬間；而寫作卻像是用文字，將想法凝結起來，更能對抗時間的沖刷。

文字的這個特性，能夠將我們所犯的**文法、句構、拼字錯誤，完整的保留下來**，讓我們能夠更清楚自己的**慣性錯誤**，並且有機會把它改正過來。

　　我重新學習英文的初期，補習班的老闆為了強化師資，利用較不忙碌的週二（小朋友們學校讀整天），安排了外師做內部教育訓練，英文老師們集合成 A 班，數學老師及其他人員則編為 B 班（我當然是在 B 班）。A 班是在職訓練，用的是較難的教材；B 班比較像是工作上的福利，用程度較簡單的教材。

　　兩個班級都由我的好友 Karen 授課，每堂課上完，她都會出回家功課，寫完之後她都會**批改**。這個對 B 班同學而言，看似點綴的課程與作業，我都**用不合比例原則的熱情來完成**，甚至將上課和寫作業，當成**每個禮拜最重要的行程與任務**。

　　我用極大的熱情在寫作業，把自己放到了每個回答中，因此短時間內，就有非常顯著的進步。你可以從我附上的這幾回作業，看到**進步的軌跡**。從一開始每個問題只能用一句話回答，到慢慢能掌握複雜句型，再進步為用數個句子較完整地回答問題，最後，能用一個問題發展成一個篇章，甚至開始了心靈層次的對談。

　　這些進步，都發生在**半年之內**。魔法因子是什麼？**學生認真書寫，老師用心批改**，缺一不可。

　　為了完成這些作業，我養成了**查字典、找資料**的習慣，學會把自己的想法，轉換成另一種語言再表達出來，這些凝鍊文字的過程，是非常寶貴的**雙語思維訓練**。中文這樣表達，英文卻有不同的語序與角度，也常常意外發現兩個語言間的相似之處，比方說中文的「你被炒魷魚了！」，英文叫做 "You are fired."，都跟火有關。中文用「好犀利」來形容能力過人，英文也有句

"as sharp as a tack"，都用了銳利的概念。越寫也越確定我的信念：**我們是同一種人，只是用了不同的聲音，表達相同的感受，English is just a different voice**.

　　認真寫是我能努力的部分，而老師能協助我的，就是**批改與鼓勵**。批改非常的重要，除了像**抓漏高手**一樣，幫助我們找出不自覺的錯誤，更讓我們不只是埋頭苦寫，而是知道怎麼表達**更通順、道地、到位**。Karen 除了認真批改以外，每次都還會留下鼓勵的話語，讓我有信心繼續書寫。

　　在其中一次的作業批改中，她甚至留下了一整頁的評語，讓我整個大受激勵，越寫越開心，甚至在日後慢慢寫出自己的英文風格來。（版面有限，Karen 的評語我就留在 QR Code 的連結裡喔！）

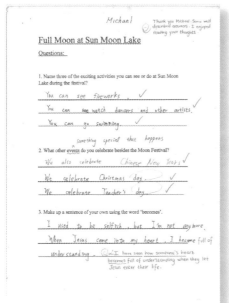

◀ 這是我初出茅廬、不忍卒睹的第一篇作文。每個問題只能用一、兩句話回答，請叫我省話歌王蕭敬騰。

選幾篇代表作品，來看看我進步的軌跡吧！

更詳細一點的內容，請掃描下方的 QR Code，我摘錄了二十頁的作文回家作業，附上老師不同顏色的批改，和你分享我的常犯錯誤，以及充滿粉紅泡泡的少男內心世界。

裡面關於「好萊塢」的那篇，真的成了我後來人生發展的方向，我真的成了一個經常上台的人，無論是教學、演講、舞台劇，我一路教進了鴻海的企業內訓，登上了輝瑞藥廠的員工大會舞台，但最出乎我意料之外的，是在寫作業時不經意寫下的答案：comedian（喜劇演員。我最愛的喜劇形式是 stand-up comedy）。

我真的成為了一個脫口秀演員，每年跨年固定在教會粉墨登場，化身為「差很多先生」，為大家帶來一整晚的開懷歡笑。You are what you write，寫出好人生，寫下來的夢想更容易實現！

在學習寫作前，不妨先來看看我脫魯的軌跡。用英文認真寫作，真的是進步的良藥啊！

二十頁作文

Homework PDF
https://goo.gl/CUiuhF

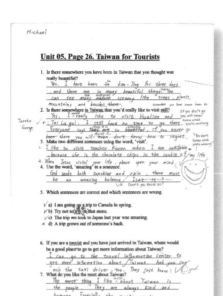

◀ 寫了兩個月後，話變多了，亮點是第三題的回答。你看我對老師有多狗腿、多巴結。水清無魚，嘴甜無敵啊！

◀ 不只英文，連畫畫作業都很認真啊，有圖有真相！附上奶爸此生的masterpiece〈阿甘豬正傳〉，不要笑，這已經是我有生以來，畫得最好的一幅畫了。右上是老師的評語，真的很會鼓勵人啊！

Well done on great work Michael!! ☺ Super duper!

2. Use the word, "join" in a sentence.

☺: To me, "join" is always as the same as "visit". How can you really visit something or someone without joining them? ✓

6. Stuck on an 🏝️ ☆ *STAR NOTE* *"What is the most difficult question you are struggling with now? What's the most difficult question you could ask God now?"*

☺: I would share my time with God and you *hmm...* ✓ I'll ask him a lot of questions, and I think that you can help me to find not ^the correct answer, but ^the correct question. The point is if you ask the wrong question, how can you find the right answer. ✓ *True, very true. What do you think, the most important question a person can ask himself, is? And what's the most important question you can ask another?*

I think that all the questions in heaven will only start with the word, "Why". ⟶ *Does it make sense? Yes, it does. I have questions of my own, not from the easy times in my life but the difficult times. And when understanding gives my soul rest, I look forward to the peace that will come. In the meantime, I hope to learn to love the questions themselves and gather strength from the uncertainty and faith in the unknown — what lies beyond it. After all, isn't life a wonderful opportunity to sharpen the senses of the soul? As a*

7. "Share" in a sentence. *blindfolded person would walk through a fairytale without quite knowing what is real and exists all around him.*

☺: The best and the most valuable things that you can *— That is why we must lean so much on the world* share with someone is your time ✓. As I know, time *that exists inside our soul.* is what money can't buy. *That's for sure. ✓* When you give someone *And we must do everything to dig* your time, you have no way to take it back ✓. *That's it up, if we* why time is so precious. ✓ *feel it is buried too deep beneath our forgetting. We must dig up the world we brought to this* ☆ If there is something ^that really belongs ^to you *of God and Heaven and love and* ●, *earth, for it is beautiful), it's time* time is. Time *the truth).* is your life ✓. So, Sharing your time is the greatest decision that you can make. When you share your time, you share your life. ✓ *Good Michael.*

? *Question: Do you think our time, belongs to us?*

⬆ 到了第四個月，已經需要自備稿紙答題了。而且開始能夠把心裡的細膩想法、信念，嘗試用英文寫出來。學生認真寫，老師也越改越認真。

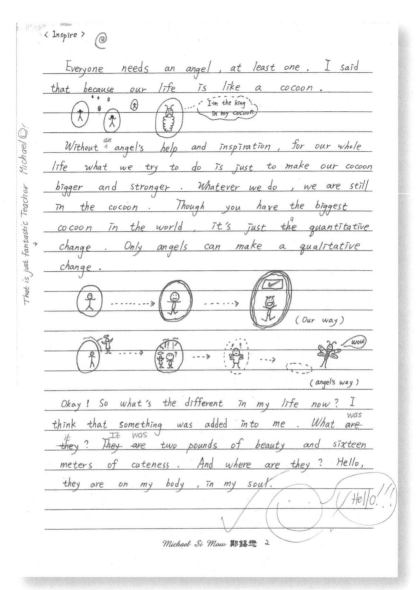

< Inspire >

Everyone needs an angel, at least one. I said that because our life is like a cocoon.

I'm the king in my cocoon

Without an angel's help and inspiration, for our whole life what we try to do is just to make our cocoon bigger and stronger. Whatever we do, we are still in the cocoon. Though you have the biggest cocoon in the world, it's just the quantitative change. Only angels can make a qualitative change.

(Our way)

(angel's way)

wow

Okay! So what's the different in my life now? I think that something was added into me. What was are it they? They are two pounds of beauty and sixteen meters of cuteness. And where are they? Hello, they are on my body, in my soul.

Hello!!!

That is just fantastic Teacher Michael ☺.

Michael Si Mou 鄭錫懋 2

⬆ 到了最後的階段，儘管還是有文法上的瑕疵，但使用英語已經變成一件自然的事，甚至開始進入信仰上的討論。這裡指的天使，是每一個上帝派來我們身邊，把更遼闊的世界帶給我們的貴人。盼望因著這本小書，我也帶你**看見自己的可能性**，往更高更遠的地方前行。

好，作文看完了，我們把場景拉回來。每個台灣學生，都學過一段時間的文法，我也不例外，但是那些硬啃硬塞的文法知識，對我而言是模糊而抽象的，因為**學了很多，用得太少**。這段為期半年的寫作練習，讓這些文法架構在腦海中立體起來，終於明白當年英語老師苦口婆心的叮嚀，是在講什麼了。

如果你跟隨著本書的體系學習，聽、說的能力都發展到一個程度後，經濟能力許可的話，我會鼓勵你花三個月的時間與預算，找個外國老師，**手把手帶你進行寫作訓練**，這是我認為 **CP 值最高的外師使用法**了。前提是聽說能力要有基礎，能和老師進行基本討論。不要急著花錢喔！

奶爸認真說

如果，你沒有足夠的決心與熱情，強烈建議你先不要貿然開始付費寫作練習，也暫時不要報名連鎖成人美語機構的課程，**先不要**花這筆動輒六位數字的學費。至少先把這整本書看完，真正開始了自學的習慣，再來做考量。

外語文學習，是條風景優美的漫漫長路，而真正能帶你走得夠遠的，不是課程、系統、教材，而是你的**決心**和**熱情**。

該在哪裡找老師呢？給你一些參考的方向。可以在語言交換的場合，尋找有質感、可信任的外國朋友，口音不是最大考量，基本上英美澳紐、南非、加拿大，這些英語使用國的外國朋友都行，Karen 就是南非人，英文也是棒棒噠。如果你是女性，則建議找同性別的老師，比較安全。然後，**不要凹人家，請付費學**

習，付費你更會珍惜，對方也能更加全心投入。

另外一個找老師的方法，是透過補習班，請他們媒合。如果你是家長，可以向孩子的補習班提出需求，看看有沒有合適的外師；如果你不是家長，你可以和補習班商量，能否提供媒合服務，即便需要一些費用，如你能負擔得起，就當作是學習的代價。

如果你居住在大城市，還有另外一個途徑，就是到星巴克找救兵，看看你家附近的星巴克（或有外國人出入的場所），有沒有適合的人選。先攀談，確認是個熱心友善的人，再談後續的需求。再次強調，如果你是女性，請找同性別的外國朋友，先研究不傷身體，再講求效果。（如果你家附近有大專院校，你也可以到學校詢問，是否有交換學生、是否有意願擔任家教喔！）

實際操作上，以每次上課兩個小時為宜，選擇適合談天的開放空間進行（咖啡廳、社區的會客室之類的）。可以選用難度適合的雜誌，當作談論、寫作的參考素材。

建議可以這樣使用時間：讓老師先講解雜誌內的文章，有些口語上的討論，然後請老師出作業，讓你回家花時間完成。作業內容，你可以參考 196 頁 QR Code 的二十頁作文，Karen 問問題的方式。提醒大家，**不要拿家教時間來寫作業**，外師貴森森啊！下一回上課，除了再學一篇文章，更重要的，是請老師**當面批改**你的作業，討論哪裡應該怎麼改？有沒有文法上的瑕疵？有沒有更好的寫法？ Native speakers 會如何更道地的表達？

每週一次，大概進行三個月，差不多也用完一本雜誌了，這大概會是你此生讀得最仔細的一本《空中英語教室》吧！這本雜誌要好好留著，所附的 CD 要多聽幾次，因為每聽一次，都能喚起你為了完成作業，認真查考的那些內容。然後，請你把這段時

間所完成的作業，好好的整理起來，最好放在有透明夾頁的資料夾中，常常複習、誦讀，你一定會看見跳躍式的進步！

如果經濟許可，我建議你這樣把學費花在刀口上。（謎之音：事實上，還是比連鎖體系的成人英文套裝課程，便宜許多啊啊啊啊！）如果一對一的費用太高，你可以找一兩個人，一起來分攤上課的費用，但不要再更多了，因為會失去個別指導的效果。**記得，寫作的訓練，是在聽、讀都有基礎後再開始喔！**

★ 奶爸的重要提醒

最後，我有個超重要提醒。在本章的前面，我有提到口語和寫作，性質上的不同，口語是流動的，文字是凝結的。這個性質上的不同，也造成了英語使用人士，**對於口語英文和書面英文的容錯度，有極端的差別。**如果你和外國人聊天，除非你刻意請求對方修正你的錯誤，不然外國朋友其實不太會糾正你，反正能溝通就好，如果真的有語意不明之處，再當場提問澄清即可。

但是，他們**對於書面英文的容錯度，卻是極端的低。**因為書面英文不發生於說話的當下，書寫者是有時間進行校訂的，這是書寫者的責任。因此書面文字的錯誤，容易連結到「**書寫者不夠重視這件事**」的結論。再者，英文的語性重視**句構的完整嚴謹，**期待做到「雖然書寫者不在現場，但透過文字的嚴謹使用，能讓閱讀者正確完整地接收到訊息」。想像一下，在沒有通訊設備的時期，如果你收到一封語意不清的信，你該找誰問去，飛鴿傳書嗎？

因此，英語使用人士，對於書面文字的正確性，就像 Lexus

汽車的 slogan 一樣：「專注完美，近乎苛求」。如果你是學生，那就算了，每個人需要進步的時間與過程；但若你是商務人士，有機會在工作上使用英文書信往來，千萬別用 Google 翻譯翻完就寄，一定要自己順過，確認語意通順再寄出。

如果是較為正式的書信，特別是**第一封往來的商務書信，強烈建議請翻譯社審過**，因為在雙方正式見面或合作之前，這封信就是你的臉面，是給對方的第一印象。如果連一封代表公司的信，都錯誤百出、語意不通，對方會怎麼評估合作的可能性呢？

專業的口譯、筆譯者，站在兩個語言與文化之間，用多年的學習、鑽研與努力，一槌一槌夯實知識的橋墩，為我們搭建了溝通的橋樑，這裡面的辛苦與孤獨，是值得被珍視的。（比方說我的前同事 Jessi 老師，她在翻譯時的一絲不苟，每每讓我心生敬意。）

厲害的翻譯者，甚至還能營造出**「譯者的風格」**，比方說村上春樹的中文譯本，多年來唯一指名賴明珠女士的翻譯。村上春樹認定，她是最能用中文傳遞原著神髓的人。

「信任尊重專業，才有鴻圖大業。」如果你有商業往來的書信，而沒有把握能寫得精確，建議外包給專業譯者，然後，再從譯文中學習怎麼寫得更好，逐步提升自己的寫作力。且讓我們用這語重心長的提醒，以及對專業口筆譯者的致敬與疼惜，結束這個回合吧！

一招搞定四種語言

　　一年學四種語言的外國人 Scott Young，只用一招，就成功習得四種語言（中文、韓語、西班牙語、葡萄牙語）。這招叫做「這一年，拎杯死都不說英文」（The year without English）。他用了一年的時間，把自己放到完全陌生的語言環境中，放棄使用母語，回轉成為孩子的心態，從牙牙學語開始。用三個月，把一個新語言掌握到可以聊天的程度，然後，再到下一個國家，開始下一個挑戰，用一年的時間，完成了這件了不起的事！

　　第一個短片，是他與同伴一起上 TED，分享這一年來學習四種語言的經歷，可以開英文字幕，練練聽力。第二個短片，是經過三個月的學習後，拍攝關於學習中文的過程與趣事，這就不用開字幕了，你自己鑑定一下他的中文程度。看完有沒有充滿盼望呢？我們一起以 Scott 為榜樣，不怕犯錯與出糗，把英文學起來、用出來。

　　聽熟二十五天後，鼓勵您每天撥出五分鐘，用第本章 190 頁提到的「**自言自語法**」，進行「拎杯絕對不說中文」練習。留意生活中，有哪些**日常用品、行為、動作**，是自己想說，卻說不出來的，把這些字記錄下來、查出來，常常複習、常常唸出聲來，這會是建立口說能力很棒的訓練喔！

一招搞定四種語言

影片 1：學習任何語言
https://goo.gl/3vwLVz

影片 2：學中文
https://goo.gl/4RC2N6

十招打通雙耳
胸中一口真氣在

在這一章，我試圖帶你們走進**時光屋**裡，將我聽了四十天、八十次錄音帶後的心得，濃縮成十個聽力招式，讓你省下大量的摸索時間，預備好你的英語耳。

奶爸的理念，一以貫之都是「用耳朵學英文」，我的脫魯經驗總結而言就是：英文學習，應當從**恢復聽力**，建立**音韻覺識**開始（音韻覺識，省略一萬字的專業定義，可以簡單解釋為「能意識到自己聽到了什麼語音」）。

在語言學的領域中，這個音韻覺識（phonemic awareness）裡面包含了：音韻切割、音韻操控、混合拼音、押韻能力、辨識音素異同等元素（有沒有每個字都懂，合起來卻不知道在講什麼的感覺？）。如果我們從學院派的角度切入，語音學（Phonetics）和音韻學（Phonology）在英文系要學一整個學年，是一門精細完整的學問。一般的英文學習者，大概沒有熱情和動機，也沒有必要一頭鑽進去。

根據許多外語文習得者的經驗，透過大量重覆地聽（narrow listening），以及開口跟讀（shadowing），也能逐漸建立音韻的直覺。但是，我自己實際操作時，在大量地聽同一卷錄音帶的過程中，遇到了一個難題，就是**有些片段，無論我聽再多次，還是聽不明白**，連自己聽到了什麼聲音都弄不清楚，更遑論建立音韻覺識了。

　　若你對語音學真有興趣，我建議你進入台大史嘉琳教授的門下，讓她帶著你入門。再次推薦她在台大的免費開放課程，不可多得、幾乎零負評的大神級課程。英語初學者勿入，留待進階時再晉升學習喔！

英語語音學

英語語音學一
http://goo.gl/DgcFSl

英語語音學二
http://goo.gl/gflEoS

　　當時我耐著性子，忍住不翻看文本，先乖乖的聽了四十天。四十天後，我終於翻開文本對照，發現這些聽再多次都無法理解的內容，可以分成兩類：**1. 聽不懂類，2. 聽不清類。**

　　「聽不懂」的原因，通常是因為這個字根本就「沒學過」，以我為例，在聽八十次的過程中，有個聽了 n 次都聽不出來的字──kimchi，直到翻看文本，查了字典才知道原來，kimchi 根本不是英文，而是個外來語「韓國泡菜」（難怪聽不懂，因為根本沒學過啊！）。

　　另一個聽不懂的狀況是，這個字是我長久以來都唸錯的，所以在聽英文時，耳朵沒抓到這些「**曾經學過，但總唸錯**」的字詞。比方說我曾長期把天真（naive，音近於「哪義夫」）這個

字唸成「內夫」，以致於當我聽到正確唸法時，反而沒有意識到，這是曾經學過的字。

這個類別的解方，要從**擴增單字量**下手，需從閱讀中積累，並且經常正確誦唸所讀的文章，建立對個別單字的聲音反應，難以短期速成。直至今日，奶爸自己也還在學習的路上。

「聽不清」的原因就比較冤了，明明都是國高中時期學過的基礎單字，一個個拆開來都能聽清楚，但是經過了連音、縮音、變音、減音後，兩三個熟悉的單字，就糊化成一個彷彿從未聽過的新字。當我們選擇直接聽「真英文」，而不是調整過速度，體貼你耳朵的「慢速英文」，**聲音的連結與弱化**，是初期最困擾我的難題，相信你也可能會遇到。這一章要協助你的，就是處理這一類「聽不清」的問題，帶你快速入門，**知道自己到底為啥聽不清**。

在我聽了八十次錄音帶後，我開始**翻看**文本，找出這兩類的聽力障礙（聽不懂、聽不清），並把它們分類註記下來，聽不懂的用紅筆畫線，聽不清的則用藍筆。紅色部分沒學過的字，抄錄在筆記本內，想到就翻看一下；藍色的部分，我花了許多時間推敲思索，也上網查了許多資料，終於釐清了英語中聲音連結與減省的脈絡。

當時根本沒有想到，我會以英語教學為一生的職業，因此我就把這些發現，當作是個人的小心得，藏在心中暗爽。直到我正式從事英文教學，才發現這個聽力的環節，是許多台灣學生共同遇到的關卡。因此我將之整理為以「一個脈絡，貫穿十招」的**「麥氏一口氣人體工學發音法」**，盼望能在建立音韻覺識的過程中，讓你更快掌握這些聲音的變化（沒有專利註冊，歡迎英語老

師們參考使用喔！）。

　　先講核心脈絡。為什麼不好好講英文，偏偏要在那邊連音、縮音、減音？語音學可以給你很完整的答案，但奶爸只想給你一句話：「**因為我們都是人，都需要呼吸，句點。**」我們都需要呼吸換氣，為了**讓吸進的一口氣，節能有效率地使用**，就是連音、縮音、減音的初衷。

　　「麥氏一口氣人體工學發音法」的每一招，都是環繞著這個脈絡發展出來的，這十個外國人慣用的聲音連結方式，簡單說就是為了**節省「氣」的使用**，而產生的**發音與用氣習慣**。

　　舉一個極端例子說明 "A big black bug bit a big black dog on his big black nose."（大黑蟲在大黑狗的大黑鼻子上大咬了一口）。試著將這句英文，每個字尾的氣音完整發音，一口氣唸完看看，有沒有一種上氣不接下氣的窘迫感？外國人不會把每個聲音發完全，這樣說話太累人，太耗氣了，他們會下意識地把可以連音的部分連起來，把可以減省的部分去掉，輕輕鬆鬆地把這句話唸出來。

　　語音學要鑽研一整個學年，而人體工學（ergonomics），卻是自然內建的，只要掌握這個「**省氣、好唸**」的原則來理解，我們可以快速抓到概括、掌握核心的聲音連結和縮減的習慣。學習這十招，除了增進你的聽力技巧，更能說出更原汁原味的好英文。請搭配本章的教學影片學習，奶爸真心的覺得，光這三段影片的內容，買這本書就算是值回票價了。

　　準備開始囉！

如果在影片中，我看起來很累，那是因為……我真的很累呀！感謝我兄弟 Bjung 偉義的技術支援，在忙碌的工作之餘，硬喬出時間協助攝影與後製，超級大感謝。然後，本章的句子，有些是「半成品」，請配合影片標註：連音記號、改變後的聲音、該刪減的部分，才算完成喔！

聽力心法

聽力心法 Part 1
https://goo.gl/bX9Xip

聽力心法 Part 2
https://goo.gl/U1BQM2

聽力心法十招總複習
https://goo.gl/EyHGcK

1．第一招：母子連心

這是最常出現的連音狀況，當子音結尾的單字，碰上母音開頭的單字，就可以產生聲音的連結。**字尾的子音是媽寶，老愛跟著母音跑，故稱「母子連心」**。

如果你不清楚子音、母音的差別，可簡單區分成：a e i o u 是母音，其他則為子音。

用了第一招連結後的聲音，**並不是正確的**，要配合第二招的弱化，才比較接近老美的發音習慣。但是沒關係，第一招我們將重點放在找出子音結尾、母音開頭之處，並且試著把它連起來唸

即可。其他細微的聲音修正，可以慢慢一招一招加上去。（記得配合影片，標註上記號喔！）

Not at all.

Take it easy.

That's an egg.

2. 第二招：有氣無力

無聲子音，在連音時，為**減少用氣量，降低咬字難度**，常會弱化成相近的有聲子音。在連音發生時，這些氣音會被弱化，故稱為「有氣無力」。

如果你不清楚有聲子音、無聲子音的差別，只要在發音的時候，摸著自己的喉嚨，有像手機關靜音時的振動感的，就是有聲子音；反之，則為無聲子音。無聲子音只有唇齒舌位置與用氣量的配合，沒有振動到聲帶，也可稱它為氣音。

那什麼叫「相近的有聲子音」呢？就是和那個無聲子音有接近的咬字位置，但卻有透過振動聲帶來發聲的那個子音。常見的對應弱化子音，為你羅列如下，並各舉一例：

K → g　I like it.

P → b　Keep it up.

S → z　The names of books.

T → d　You should start it right now.

F → v　I ate too much of it.

H→是特例，獨立成為一招

請留意在弱化時，並不是直接唸成弱化後的那個音，而是**介於弱化前、後的中間音**，這個中間音的掌握很微妙，很難用文字說明，請看影片中的示範。

3.第三招：虛無飄渺

句子的構成中，有兩種類型的單字：

實詞▶名詞、動詞、形容詞、副詞
虛詞▶代名詞、介係詞、連接詞、冠詞、助動詞

實詞為**內容字**，關係重要資訊，發音要完整；虛詞為**功能字**，在句子中**可省略**或**弱化發音**，故稱為「**虛無飄渺**」。

在整個英文單字群裡，實詞的數量遠遠多於虛詞，但是，虛詞出現的頻率卻不下於實詞，不止經常在連音中，改變了個別單字的聲音，自己也常常成為被減音的對象。

以下列出十個出現頻率最高的虛詞，以及它們最常見的減音方式，並各舉一例給你參考。由於篇幅有限，我們每個虛詞都各舉一例，讓大家有個概念。如果要掌握得好，就要看一個字，在句首、句中、句尾如何被發音，以及有、無連音時的聲音表現。

因此，在十個例句的表格下方，附上一個蒐羅大量句子的網站，這個網站將英文最常用的二千多個字做成一個列表，每個單字幾乎都附有數十個短句，內容完整度非常高，而且**還逐句附上**

聲音檔，適合初學者逐句模仿、跟讀。要知道這些虛詞的連音唸法，這些列表，是超級完整的素材，建議你點進去一聽。（然後，如果真的要背單字，我也建議可以用這份列表喔！因為**實用度高、例句多，又有聲音可以聽。**）

超級完整的聲音列表

English Sentences with Audio
https://goo.gl/DFzudb

▲十大常用虛詞

it	Don't touch it.
that	Look at that picture.
a	I have a pen, I have an apple.
to	Are you ready to go?
in	She was dressed in red.
you	I'll buy you a coffee.
the	I like to go swimming in the summer.
is	The puppy is so cute.
of	I am so proud of you.
and	I like rock and roll music.

4・第四招：一腳踢開

T 在**單字中**的發音，常弱化成接近 d 的 flat T；若是出現在**字尾或句尾**時，則常常被直接省略，故稱之為「一腳 t 開」。

單字中的 t 發音範例：

pretty city　　　　　my daughter　　　　　this autumn

heavy metal　　　　beautiful butterfly

字尾或句尾 t 發音範例：

Just do it .　　　　　　　　I am loving it.

Let's talk about it.　　　　　You are right.

It's not what it looks like.

綜合複習句：

You better start it right now.

5・第五招：國士無雙

相同或近似子音相連，發生連音時，為了省氣與流暢，**只發音一次，且常發後面那個**。S 這個字母，因為文法的需要，比方說，第三人稱現在式動詞、可數名詞的複數形式，都會產生 s 的尾音，隨便後面再加個 s 或 z 開頭的單字，就產生「相同、相近子音的連音」，因此抓它出來代表這招「國 s 無雙」。

相同子音容易理解，什麼是**相似子音**呢？基本上，和第二招雷同，相似咬字位置的聲音，我們都可以將之視為相似音，p b

相似、t d 相似、k g 相似、s z 相似、f v 相似。

Cassie wa**s s**tanding nex**t t**o me.

Star**t t**o cook dinner.

Sto**p p**laying hard to get.

This is the firs**t t**ime I drink bla**ck c**offee.

6・第六招：過河拆橋

　　H 的發音，近於注音符號裡輕聲的ㄏ，是無聲子音中耗氣量最大的一個，所以在和前面的子音連音時，經常直接被忽視到幾乎沒有存在感，被跨過去不唸了，故稱「過 h 拆橋」。

　　本招最常出現在 his 跟 her 這兩個所有格上面，兩個明明簡單的字，卻常常在連音的時候，被前後的單字「吃掉」，彷彿直接連音成了一個新字，把其他學過的單字變成「最熟悉的陌生人」，堪稱聽力障礙界的兩個笑面殺手啊！這個 h 幾乎沒有存在感的唸法，文字實在難以說明清楚，請參考教學影片，跟著試唸幾次，抓一抓感覺。

I really like **h**er new hat.

We don't like **h**is idea.

He has a house of **h**is own.

（house 為實詞，h 完整發音；his 為虛詞，h 幾乎消失。）

Mike **h**as no friends at all.

7・第七招：點到為止

爆破音結尾（t d p b k g），遇上子音開頭，前面的爆破音只在唇齒位置做樣子，幾乎不發音，因為硬要唸完整，很容易咬到舌頭啊！原本要發音的爆破音，**補一個短短的休止符**給它，暫停一小拍，不刻意把聲音發全，故稱之為「點到為止」！

Jump to me.

Stuck like this.

I would like to order something.

I just don't want to make the same mistakes again.

8・第八招：蓮子去芯

蓮子不去芯，有苦說不清。連續三個子音相連，唸起來會非

常繞舌，為了好唸省力，如果**聲音的辨識點已經足夠**，中心那個子音，就可以省略不發音，因此稱此招為「蓮子去芯」（連子去心）。這樣的情形，經常在形容詞加上 ly 的字尾，轉變詞性為副詞時發生。唸幾個字給大家聽聽看。

correctly	exactly	costly	mostly
attempt	scrumptious	pumpkin	bumpkin

9・第九招：輕而易舉

在單字中，落在**非重音節的母音**，都**可能被弱發成 [ə]**，音近於注音的ㄜ（語音學稱之為 **schwa 元音**，音近「許襪」），這些在輕音節的母音，為了省力、容易唸，而弱發為元音，故稱為「輕 ə 易舉」。這個弱發為元音的現象，我把它稱之為「**元音化**」或「schwa 化」，請聽教學影片中的例子。

American**o** childr**e**n imposs**i**ble p**o**lice s**u**pply

虛詞中的母音，也常常被「元音化」，以 for 為例說明，從 K.K 音標來看，原本標記成 [fɔr]，但是在句子中，經常被弱發成 [fər]，為什麼？因為比較好唸嘛！請聽影片中例句。

I got it for you.
I jog for fun, not for fitness.
This gift is for your parents.

甚至，「元音化」還會改變聲音和拼字。在美式英文中 going to 常被唸成甚至寫成 gonna，want to 則常常唸成 wanna。

What are you going to do? → "What are you gonna do?
He is going to be a dancer. → "He's gonna be a dancer.
Who is going to make lunch? → Who is gonna make lunch?

10．第十招：地靈人傑

以上九招，著重在聲音與氣量的減省，能省則省，輕鬆好唸是王道。而第十招要告訴你的是：**不該省的，千萬不能省**。

地：地名、地點　　　**零**：數字、金額
人：人名、專有名詞　　**節**：日期、時間

以上幾個重要資訊，在句子中習慣不連音，甚至會放慢節奏，刻意說清楚。地、零、人、節，為了好記，我們就稱之為「地靈人傑」吧！

發現了嗎？其實重要的訊息，外國朋友們都會傾向於慢慢說，只要我們不被那些連音、縮音、變音給嚇到，把聽力專注在重要訊息上，要能夠進步到能和外國人聊聊天，其實沒有想像中那麼難喔！

以上就是「麥氏一口氣十招」，濃縮了我聽八十次英文時，遇到的困難與發現，期盼在你開始聽「真英文」的過程中，能夠給你些幫助，節省些摸索的時間。

最後，我要聲明的是，這十招**並不是絕對真理**，它只是一種用氣與發音的**習慣**。外國人不是故意要把聲音糊在一起的，而是這樣說話，比較輕鬆省力，完全就是蔡秋鳳的名曲〈爽到你艱苦到我〉。

如果這十招你仍有些模糊，歡迎到「英語自學王」課程，我們會多舉些例子來實地練習。以下接著介紹較長句子的**斷句法**（換氣法）。

★ 進入長句前，先學斷句點

麥氏一口氣十招，歸納了美式英語的使用者，為了好唸、省氣，自然形成的用氣與發音習慣。但是有些時候，句子真的比較長，再怎麼省氣，還是無法一口氣唸完，這時候我們就要學會**斷句**。先別把斷句想得太複雜，把它想像成一個唱歌時的「**換氣點**」就好，在哪裡換氣比較合宜呢？記得四個字就好：**名動形副**。

斷句點（換氣頓點），通常落都在**名詞**、**動詞**、**形容詞**、**副詞**，這些實詞之後。原因有二：

1. 實詞出現，通常代表**語意告一個小段落**，適合稍作停頓。
2. 虛詞常被拿去連音，既然「連」了，當然沒有換氣空檔。

換氣點很重要，如果斷句不是斷在**合理的位置上**，資訊的傳遞就會顯得細碎、凌亂，對外國朋友來說，聽你說話會非常累人。下次在唸到較長的句子時，請試著用「**名動形副**」的原則來**斷句**，不僅對方聽得順暢，你也會更容易讀懂句子的文意喔！

以下一頁「綜合技複習句」的第一句為例，**加底線**的字為該句的**實詞**，既是需放慢速度的**重要資訊**，也是可以停頓的換氣點。

He was <u>standing</u> in front of the <u>store</u> with his <u>sister</u>.

可以在 standing（視為動詞）、store（名詞）的後面，加一個小小的休止符（以▲代表頓點），即便不需呼吸換氣，也可以讓口腔的發聲機構稍稍放鬆，唸起來就比較不會饒舌、拗口。

He was <u>standing</u> ▲ in front of the <u>store</u> ▲ with his <u>sister</u>.

★ 綜合技複習句

請配合影片學習，並註記上停頓點、使用招式名稱，以及連音、變音、減音符號。

1. He was standing in front of the store with his sister.

2. He went abroad in an attempt to get a better education.

3. Bob has a bad day. Susan wants him to keep his chin up.

4. I am going to look after Kevin's dog right now .

5. A big black bug bit a big black dog on his big black nose.

幾個不容忽視的小聲音

　　這章的補充撇步，我想提醒幾個國中等級的發音，關於字尾的 **s**，以及過去式規則變化的 **-ed** 字尾的正確唸法。

　　為什麼需要特別提出來？是因為我有好多的成人學生，不知道這幾個細節的聲音該怎麼唸，以至於每次遇到時，都是含糊唸過的。這個「含糊唸過」的代價，就是在用**眼睛「閱讀」文章**時，**心裡的聲音**無法正確呈現（心裡的聲音，就是我們讀文章時，心中默唸的獨白），以至於讀文章時，就只是「讀文章」，無法同步在心中產生正確的聲音連結，下意識訓練聽力。

　　所以奶爸特別將它們的唸法列出來，下次遇到了，請刻意唸對它們，當作一種口說反應訓練。試著把每個 ed 唸對，是一項很好玩的練習呢！

1. 英文單字因文法需要而加 s 的情形與發音，有四種情況：

　　（1）複數可數名詞：如 a cup 一個杯子→ two cups 兩個杯子

　　（2）現在式動詞遇到第三人稱單數主詞：

　　　　如 I jump. 我跳→ He jumps. 他跳／ She jumps. 她跳

　　（3）人、物的所有格：如 Logan 羅根→ Logan's 羅根的

　　（4）Is 或 has 與主詞的縮寫：主詞後面加上撇號，再加上 s

　　　　如 He is... → He's... ／ She has been... → She's been...

2. 無論上面哪四種情形，其發音規則不外乎下列三種：

　　（1）字尾的發音若為無聲子音，則 s 發無聲子音 [s] 的音

　　　　（口訣：**無聲配無聲**）

　　　　＊特例 ts 相連，不會ㄊㄙ分開來唸，而是發近似於ㄘ的聲音。

　　（2）字尾的發音若是母音，或是有聲子音，則 s 發有聲子音 [z] 的音。（口訣：**有聲配有聲**）

　　　　＊特例 ds 相連，不會ㄉㄙ分開來唸，而是發近似於ㄗ的聲音。

　　（3）字尾的發音若為 [s]、[z]、[ʃ]、[dʒ]、[tʃ]、[ʒ] 這些**嘶音**，則必須加 es，讀作 [əs] 或 [ɪz]，加上 es 之後，會增加一個音節

3. 過去規則變化 **-ed** 的發音規則

過去式的 ed 發音分為三種（[d]、[t]、[ɪd]），和**原動詞字尾的發音**有關：

（1）[d]：ed 接在有聲子音或母音後，發有聲的 [d]

（有聲配有聲）

例如：loved、closed、turned、rained、cried

（2）[t]：ed 接在無聲子音後面，發無聲的 [t]

（無聲配無聲）

例如：liked、wiped、looked、watched、laughed

（gh 發 [f] 的音）

（3）[ɪd]：ed 接在 [d]、[t] 的後面，加個 [ɪ] 才容易唸

例如：wanted、needed、recorded、decided、started

現在知道了，下次看到加 s 的字尾，還有 ed 結尾的過去式動詞，別再含糊唸過囉！唸得越正確，才能聽得越好喔！

為你留張藏寶圖

　　以上，便是第一部分十個篇章的內容，我所知的自學資源和知識，大部分都含括於其中了。坊間的英語教材與學習法，早已汗牛充棟，窮一生之力也讀不完了（而且大部分都非常用心編寫），我大可不必在這浩瀚書海中，多增加一顆沙粒湊數。

　　但我發現，大部分的教材內容，比較像是**由武林高手為你整合的高含金量資訊**，至於怎麼啃進腦袋裡，看倌各憑本事、自求多福。以第一人稱的魯蛇口吻，用親身經歷揉和各派說法，歸納出有效可操作的學習活動，並整合成一個自學體系的書籍，好像還真的找不到，至少在我收藏的數百本英文學習書中，就是獨缺這個品項。既然遍尋不著，或許我所經歷的這一切，就有集結成書的理由和價值吧！

　　這不是一本為高手寫的書，只是一個偶然成功的魯蛇，為後來的人畫下的藏寶圖。對我而言，撰寫這本書是段千金難買的旅程；但**對你而言，這本書本身是沒有價值的，你循著路線和提示，找到的英語寶藏才是價值所在。**

　　學習體系就像「王牌健身教練」一樣，無論他的巧克力腹肌有多麼傲人、人魚線有多麼奪目，訓練提點方式有多麼專業，如

果我們只是去健身房吹冷氣、看美眉，肥宅永遠還是肥宅。唯有真正咬著牙、流著汗去健身，你的體態才會真正改變。

因此，如果你願意，誠摯邀請你進入我所建構的體系，開始訓練你的耳朵與大腦，花三個月煎熬，透過**大量重複**地聽，聽懂一套**有聲對話式教材**，並且做到能夠**無稿跟讀**的程度。（這裡指的一套，是以一片 CD 的量為原則，不是一整套十二本的教材喔！ Less is more.）

這個過程是辛苦而孤單的，沒人能夠代替你走過這一段路程，但我以過來人的經驗告訴你，這段時光會成為**你的勳章**，成為進入英語世界的第一塊磚，成為紮紮實實的基礎，成為承載基業的磐石。

前方的景色美好無匹，請繼續向前，甚願你也能看見，我所看過的美麗新世界。

英語自學的
旅程備忘錄

自學、補習、家教
英語學習者的三岔路口

　　成人英語學習者可以選擇哪種方式，來經營他的語言學習呢？除了回到學校當全職或半職學生，大概不外乎三種方式——自學、補習，以及家教。

　　先講結論，本章的標題，其實是個假議題。我想帶出的結論是：**無論你選擇哪個方法，最終你都必須成為一個自學者。**

　　十多年的補教經驗告訴我，從來沒有一個人是「被老師教會英文」的，師父領進門，修行在個人。遇到好老師，當然是幸福的，但是老師能做到的，僅止於提供資源、講解難處、引導方向、提升效率。真正決定你能不能把語言學起來的，則是每一個學生自己的**練習頻率**，還有他的**動機高低**。

　　因此，這一章的重點不是告訴你該選哪條路，而是想和大家分享，這三個選擇的思路邏輯，讓你有些背景資訊，來斟酌出最適合自己的選擇。

　　我曾是補習班老師兼老闆，是一個英文自學者，在補習班創業的初期，因為經濟上的需要，也擔任過長時間的家教老師，因此我大概有一點立場，可以來談談這三者之間的不同。

　　以「費用負擔」的角度來看，自學的金錢成本是最低的（買書、買 CD，僅此而已），選擇上補習班學習則是其次，而請家教老師則是最高。這部分大概沒什麼爭議，但我想從「**時間成本**」的角度來談這件事情。

以「時間成本」來看，如果你遇到好的家教老師，應當是最節省時間的。因為老師能針對你個人的需求、程度，為你規畫**個人化**的課程，並且能夠**有效檢視學習成果**，隨時做**動態調整**。（但是要找到優質家教老師，真的是看緣分啊！）

補習班的時間成本則為其次。

在補習班的課堂教學裡，不可能只講你不會的題目，無法為你快轉進度；遇到困難時，你的疑問則要靠勇於提問來排解。為了降低個人所需要負擔的學費，補習班必須抓一個「最大公約數」，來符合大部分人的需求，用人數來攤提營運成本，以降低家長經濟負擔。因此，沒有辦法針對個人差異來設計課程，神童學霸或是學習嚴重落後的同學，比較難從這個選項裡，收到立竿見影的效果。

因著市場對我們的篩選和要求，補習班老師最大的本事，就是「**指向性提升讀書效率**」，白話文叫做「**考試成績進步**」。我們用累積多年的教學和猜題經驗，讓你學到重點，讀到考點，上課充滿笑點，分數屢創高點（比方說我的高中同窗，號稱「英文選黃杰，教你唸口訣」的黃老師，就是箇中高手高高手）。

如果你有「**立即性的考試需求**」，補習班的確能短時間幫你衝高分數，這是我們吃飯的傢伙。但是，奶爸的重要提醒是，由於接收到的資訊，都是我們濃縮過、碎片化的，因此選擇補習的人，回家一定要多花些時間，來整理與吸收這些知識，並且「自行安排聽力素材的補充」（或請老師推薦素材亦可）。以免在語言學習上，成為營養失衡的「偏食者」（就是很會拿筆考試，但

是聽力、口說能力卻沒有同步跟上的同學）。

最後，如果你選擇的是自學，這是時間成本相對最高的選項。由於「費用門檻」最低，大部分的人想到要學英文時，這是最容易做的決定，到書局買幾本書，就可以開始。在預算有限的前提下，自學會是負擔最低的選項。但是，語言學習是門專業學問，沒有學習的技巧，實在難以通過初期迷霧密布的階段，以致心生挫折，半路放棄者，所在多有。

本書的寫作目的，就是為了這一群自學者。期待能先陪你**看過英語學習的概括全貌**，帶你**先從容易上手的方法入門**。你注定是要付出時間，才能把英文學好的，英文學習沒有捷徑，但是有科學的方法。希望透過這本小書的幫助，可以讓你把時間用得更有效率，並且用在**優質標的物**上。

最後，我想給有意願、有預算，想到各類補習班學習得夥伴，一點「巷子內」的提醒。

首先，無論文宣寫得再好，網路上有多少人推薦，一定要透過試聽兩、三次，再決定是否選擇該補習班。一般補習班，都有免費試聽一堂課的制度，但我會鼓勵你再「**付費試聽**」一、兩次，確認老師的**教學品質是否一致**，以及**適不適合自己**。

第二，無論促銷方案有多麼吸引人，都先買「**最小單位**」的課程，寧可先多花點小錢，看看自己是否真有行動力上課，如能堅持完一期，再決定是否花大錢買套裝課程。我遇過許多花了六位數字買課程的學員，都有花了冤枉錢的經驗，有些人買了吃到飽的課程，才發現自己根本沒有那麼多時間、精力來上課，以為划算，反而增加了不少花費。這還不算最慘的，還有人買了終身會員，而且真的很認真上課，但補習班卻無預警倒閉，這就真的

嘔出兩碗血了。

第三，補習班最重要的不是品牌，不是教材，而是**老師、老師、老師**。不要迷信大品牌，大品牌的行銷費用高、營運成本大，我們繳出的學費，真正用來聘請老師的比率相對有限，因此絕對不是牌子大就好，**遇見適合的老師，才是首要前提**。所以，在尋找補習班時，除了多方試聽，更要確認試聽、秀課的老師，就是日後上課的老師，以免權益受損。（奶爸按：秀課，是補教業的行內話，是老師們在招生時，使出渾身解術邊表演、邊授課的過程，有種「火力展演宣示」的味道，突顯老師的魅力與風格，並且展現教學實力，讓學生能安心報名。）

最後，如果你有立即性的考試需求，補習班密集而規律的上課頻率，老師精選過的授課內容與題型，可以幫助你在短時間內，大幅提高讀書的效率，因此，考試分數明顯進步，是合理而可期待的結果。但是，**語言學習是一輩子的事**，階段性的補習任務節束後，千萬不要停下學習的腳步，請**持續保持熱情與好奇**，繼續安排自己的學習計畫。自學，才是語言學習的最後一哩路。

每天學一點，能走萬里遠。**老師，僅能陪你一程；時間，才是自學者最好的朋友。**

英語自學者的小書架

　　奶爸是個愛書之人，一直都有買書、讀書的習慣，從十歲買的第一本《孫叔叔說故事》，一路到了三十七歲的現在，平均以每個月三本的速度，緩步增加。藏書過五百本以後，就不敢再算自己到底買了多少書了（然後，書房、書架都快爆炸了）。這些書本為我在教學時，提供了厚實的底蘊，也使我稍稍變為一個言語有味之人。

　　在這近千本書中，有約莫三成是英文教材、文摘讀本、學習方法、語言工具書，我從這些曾經給我很大幫助的書中，精選了幾本適合你的好書，期待給你更完整的學習架構與資源。（絕對真心推，完全無業配。出版社如果要頒個感謝狀給我，我也是可以接受啦！）

　　現代人越來越少看書，越來越少買書，好像已經成為一個趨勢。期待透過這一篇，讓大家清開書架的一個小角落，為這些重要的學習工具書，在架上、在心裡，留下一個位置。

奶爸真心話

> 　　這個推薦書單，都算名門大家，絕版的機率不高。但愛書人日漸減少，新書的基本印量都在往下修，好書不常有，好書如師亦如友，日後看到好書，請快快下手。「好書堪買直需買，莫待絕版空無奈。」

1・《英語自學王：史上最強英語自學指南》
（晨星出版）

老爸賣瓜，自賣自誇。如果你站在書局一路看到了這裡，請把本書帶回家吧！這真的是本嘔心瀝血的好書啊！

2・《說一口道地生活美語》（書林出版）

「英語自學王」工作坊指定聽力素材，搭上「奶爸的行動英語教室」LINE@ 帳號使用，有去瘀活血、滋「英」補「洋」的奇效。在這份推薦書單中，這是購書的第二順位，第一順位是上面那本 XD。

3・《哈哈英單 7000：諧音、圖像記憶單字書》
（布克文化）

推薦原因：史上最歡樂的單字書，沒有之一。

諧音記憶法界的霸主，適合意志力薄弱的初學者。非常有趣的單字書，透過已知聯結未知，降低記憶難度，值得放在廁所，常常翻閱，不但能無痛記憶單字，可能還有幫助排便的奇效。

同樣概念的產品，靠著電視強力廣告、套裝行銷，要花上你數萬元。周宗興老師本著興趣加使命，一個單字一個單字畫下去，再將之集結成冊，僅需一本書的代價，就能擁有他的心血結晶。有笑又有效，歡樂又富教育意義，適合重拾書本的成人學生。（還有臉書粉絲團可以 follow 喔！）

電光記憶法，舉例說明：

害怕的 afraid → 惡匪的（惡匪的威脅讓人**害怕**）
怪物 monster → 毛獅頭（毛獅頭是隻**怪物**）
審判 judge → 夾具（大人**審判**上了夾具）
清白 innocent → 贏了勝（官司贏了勝利證明**清白**）

讀完單字聯結，看完浮誇圖片，唸完有趣諧音，再到大腦裡重播一遍，這些單字就像背後靈一樣纏著你，想甩都甩不掉啊！

4·《AZAR English Grammar Series》文法系列叢書

AZAR 系列，是專為外語學習人士所撰寫的文法書籍，專注於建立正確文法觀念以及培養英語溝通能力，以表格呈現文法重點，搭配上**大量互動式的練習**，包括**口頭**及**書寫**兩種方式，落實語法的應用，避免枯燥抽象的教條式學習。

AZAR 系列，最完整的購書平台為敦煌書局（博客來有售原文版，但整套買下來是過萬元的驚人天價）。叢書有三個難度級別，建議從**初級**開始使用，裡面有很多看似基礎，但我們卻用得不夠熟悉的文法。透過大量的練習與**答錯**，來掌握住這些「最熟悉的陌生人」，為口說能力奠定紮實的根基。

初級（紅皮書）：Basic English Grammar
中階（黑皮書）：Fundamentals of English Grammar
進階（藍皮書）：Understanding and Using English Gramma

　　三個級別除了主課本，還有周邊的輔助教材，包含聽力CD、解答本、題庫本、出題光碟。題庫本及出題光碟為教學所需，自學者無須購買。因此推薦的購買組合為：主課本、聽力CD、解答本，完整名稱如下。

AZAR 完整名稱

AZAR-Basic English Grammar 第四版（EC）（英漢版）（初階）
AZAR-Basic English Grammar 第四版（2CDs）
AZAR-Basic English Grammar（英漢版）第四版 Answer Key

AZAR 文法系列

敦煌書局
https://goo.gl/qQkbyW

建議時機：確實聽完《說一口道地生活美語》二十五課。

紅色本寫完、聽完，足以建立文法基礎，有考試需求的夥伴（或想自我精進者），可以自行往黑色本邁進，完成後可再挑戰藍色本。我沒有遇過 AZAR 三本認真啃完，英文常用文法還不熟的人。

5・《朗文當代高級英漢雙解辭典》

推薦版本為第五版，附英漢雙解全文光碟＋當代英英第六版線上字典的這個（網路上能單買紙本字典的品項，幾乎都下架了）。

推薦原因：釋義簡明，所有詞條用二千個釋義詞彙解釋，淺顯易懂，不會增加新單字的記憶負擔，並能避免循環查證（就是越查生字越多的意思）。透過查字典，和「釋義詞彙 2000」混熟，訓練出「變通能力」（釋義字彙解釋詳見下一章）。英英辭典是訓練以英語思考的好工具，這是一本能夠陪伴你很久的學習型辭典（learner's dictionary）。

重要提醒：在完成《說一口道地生活美語》的二十五課聽力練習之前，請**先不要**出手買辭典，一本辭典貴森森，如果沒有恆心完成二十五課的學習，這本辭典對你而言，最後只會變成「藏書」，而非「工具書」。愛惜金錢，也愛護地球，請以二十五課至少能「有稿同步跟讀」為標準，確認你的真心後再下手。然後，附錄的 DVD 光碟，功能非常強大，請多加利用。（複習一下有稿同步跟讀：眼睛看著課文，嘴巴能同步追上播放中的音檔。）

現代人喜歡使用 Google 翻譯、線上辭典，來查找不認識的

生字。這些工具可以解燃眉之急，但其中的翻譯和解釋通常較粗略，例句也有限。我們如果只查閱中文的對應翻譯，而沒有了解詞語的實際用法，很難學得通透。因此，一本優質的紙本辭典，仍是英語學習者的必備學習良伴。

再次提醒，請按捺住自己想衝出門買字典的衝動，把買字典當作**凱旋歡慶**，是完成二十五課聽力練習的**戰利品**。如果可行，我甚至鼓勵你到誠品、敦煌書局，親自去把它恭請回家，增加「儀式感」。器物有情，你的鄭重其事，一定會讓你更加愛惜、愛用這本字典的。

6‧選讀：《英文文法有道理》（聯經出版）

AZAR 系列是用來「做」的，《英文文法有道理》則是用來「研讀」的。如果你想要額外讀一本文法書，我推這本。此書不只告訴告訴你 what，更想告訴你 **why，概觀文法的來龍去脈。**

適合：

1. 對語法有疑問，想學通英文的人。
2. 認真、好奇想探究英文文法的學生。
3. 想告訴學生，文法「為什麼」的英文教師。

不適合：

沒有文法基礎的初學者。會霧裡看花，無法領略其中奧妙。

劉美君教授透過此書，探討語言的溝通功能，說明英文規則背後的涵義，將「語法」與「溝通」連結，使文法規則活起來。有許多奶爸「背」了很久的文法規則，都是透過此書的說明，有了豁然開朗的理解。

7・進階：自選英文原文著作

選書原則：**已經讀過中譯本，且是自己熟悉領域的愛書。**

以我自己為例，因為教師職業所需，個人熱情所及，對於教學、演說、表達的相關書籍，一直是我**高度興趣相關**的題材。特別是探討「TED 論壇」的相關書籍，幾乎台灣有出版的書，我是看到黑影就開買。其中有一本《破解！撼動世界的 TED 秘技》，我在逛誠品時，偶然瞥見了他的原文版 "How To Deliver A TED Talk"，而且有誠品台灣獨家特價（399 元，原訂價為美金 22 元），二話不說馬上下手。

這樣的一本書，為什麼要放在書架上呢？因為你有興趣，就容易成為你談話中可能出現的內容。而且因為讀過了中文版，你對內容是熟悉的，不須額外花時間去理解。這本書最大的價值是**中英表達思維的互相對照**。

中文這樣翻，英文原文怎麼說呢？你可以自己試譯看看，然後再和書中的原文比對，學習更道地的說法。每天試譯三句（或一小段），並且把**試譯結果**和**對照原文**都抄錄下來，並寫下**觀察學習筆記**。這是很好的寫作練習。

試舉一例，在《破解！撼動世界的 TED 秘技》中，有一句：「想讓聽眾有所啟發，一個很有效的辦法是讓他們觀照自己

的內心。」

試譯結果：One of the most <u>effective</u> way to inspire <u>the listeners</u> is to let them <u>look into</u> their own heart.

（底線為與原文明顯不同處）

對照原文：One of the most **powerful** ways to inspire **your audience** is to **kindle** <u>deep introspection</u>.

觀察學習筆記：用 powerful 更淺顯易懂，用 your audience，讀起來更親切、更有對象感。kindle，是點燃的動詞，Amazon 的電子書閱讀器也叫 Kindle。Intro- 字首有內部的含意，spect 字根，原意為「看」，合起來有「往內部看」之意，可譯為「自省」，kindle deep introspection 點燃深度的自省，第一次學到這樣的用法，太美了。

以上。用這樣的方式來使用，一本書可以用好久好久啊！是不是很值得投資一本？**強烈不建議使用文學作品**，那樣優美雋永的文字，連母語人士都難以企及啊！不信你翻翻看莎士比亞。

8・進階：稍有難度的閱讀讀本

不同於前述自己有興趣的原文書，閱讀讀本最大的目的，是為了能夠接觸廣泛的題材，並且觸及不同領域的單字群。這些單字，不是要用來背的喔！而是**拿來查、用來忘的**。

什麼意思呢？**拿來查**，就是利用這些單字，來進行查字典的訓練，藉以熟悉 2000 個釋義詞彙的變通用法（釋義詞彙，解釋詳見下一章）。**用來忘**，就比較特別了，在閱讀這本讀本時，不同於奶爸一直強調的寫重點、抄筆記，**請不要在課本上寫下任何中文翻譯**（可以畫底線註明生字），不懂的字就查，查完當下就馬上記憶在腦海裡。不做筆記，如果單字忘了怎麼辦？豈不是要重查一遍嗎？

　　答對了！ You got it ！**就是要重新查一遍**。怕忘記，那就「**用忘來記**」，多忘幾次，多查幾次，這個單字才會真正熟記起來。這本讀本最大的功能，就是用來「**累積忘記次數**」的。每篇文章，**要定期重覆看**，每次重覆看時，如果遇到還記不住的字，就再查一次，**查到一本書裡沒有想不出來的字，那你就出師了**。

六個角度的閱讀策略

1. **主題**（subject matter）：幫助讀者集中注意力，找出文章重點。
2. **主旨**（main idea）：幫助讀者找出作者撰寫文章用意。
3. **輔助細節**（supporting details）：找出細節與文章主旨的關係。
4. **結論**（conclusion）：找出作者對待問題的態度。
5. **文章技巧**（clarifying device）：找出與主題相關的單字、片語或技巧。
6. **判斷字義**（vocabulary in context）：引導讀者根據上下文判斷字義，鍛鍊用字準確度。

建議使用 "six-way paragraphs" 讀本來學習，不只能夠學單字，還能「一兼二顧，摸蜊仔兼洗褲」，學到英文作文的架構方式與思維邏輯。（臉書還有 six-way 研讀社，可以加入共學喔！）

這套書生動活潑，主題多元。全套分為初級、中級、高級三冊，每冊有一百篇文章，每篇皆使用相同的閱讀策略，從六個不同的角度切入，因此稱為 six-way（詳見上頁），全書由英文寫成，沒有中文翻譯，用原汁原味的好英文，訓練英文閱讀能力、建立英文作文的思維脈絡。

每一篇文章都用這樣的切入點來讀，閱讀理解能力、寫作能力，都一定會進步的，鼓勵你買一本來研讀。老話一句，從初階入手，**請先買一本就好**，有讀完、查完，再往下一本邁進。

9・選讀：《美國老師教你寫出好英文》（眾文出版）

推薦原因：中英對照方式的編排，訓練英文寫作力，同時加強閱讀力。融合東西方的教學觀點，以最適合台灣學生的學習方式，幫助讀者重新學習英文寫作。

適用：需要用到寫作的考生，需用到英文書寫的上班族，想自我提升英文寫作能力者。

本書作者在台灣任教時，曾為新竹實驗中學的雙語部學生，編寫了二十九頁的寫作講義，大受學生好評，該書即由此結構擴編而成。從認識寫作的七要素、七文體開始；接著列舉二十一個關鍵用字，避免寫出中式英文；最後則是精進寫作的十二個步驟。思緒縝密、解說詳盡，讓讀者可以循著脈絡，邊讀邊學。

這是本適合自修的工具書，建議按照篇章結構，逐步讀下去。如果你已經有英文基礎，又有立即的寫作需求，可以直接先讀 "Part C：Twelve steps to clearer writing"，參考書中的十二個步驟，按部就班完成書中提供的寫作練習，即可有效率地完成一篇英文作文。

　　書後貼心附有「容易混淆的字詞」、「重要的字首、字根和字尾」與「附加的學習資源」，適合讀者隨時查閱，厚植英文實力。

　　以上便是推薦書目，鼓勵你「清出空間來，一本一本來。」

呃，那個……
我們終於要談背單字了

　　這一篇，我們來談背單字，這個令英語學習者頭痛，同時也**最無法外包的個人功課。**

　　你愛背單字嗎？到底人活得好好的，為什麼要背單字呢？這就要問李立群了。

　　原來是為了「**言語有味**」。有什麼味兒？有自己的味兒，有自己和大家生活的味兒，有經歷和體驗的味兒，有感受深刻的味兒，有悲歡離合喜怒哀樂的味兒。

　　怎樣背的單字才叫好呢？背得漂亮、背得瀟灑，背得清楚，背得得意，背得精彩，背得出色。背得深情、背得智慧、背得天真浪漫返樸歸真，背得喜事連連無怨無悔、背得恍然大悟破鏡重圓。背得平常心是道、背得日日好日年年好年、如夢似真止於至善！

　　好，我知道這包袱有點抖太遠了，但是上面這段一氣呵成的相聲貫口，不但活絡腦神經，又能兼治口齒不清，真的很適合拿來練嘴。而且，問到了大家心中的疑問點──**怎樣背的單字才叫好呢？**

　　坊間已經有很多專業的單字書、片語書，也有許多**捷進詞彙量的書籍**（比方：字首字根字尾法、心智圖背單字、格林法則等，你可以自行 Google 了解細節），作者們幾乎都是大神級的人物，是我三輩子都追不上的程度。因此，我就不從學院派的角

度談起，單純談談一個痛恨背單字的魯蛇，如何看待背單字這件事，以及我自己摸索出的單字叢林生存之道。**這樣，或許會更貼近你的學習景況。**

　　首先是，既然痛苦指數這麼高，為什麼還要背單字？還真的是為了「言語有味」。能夠在適當的情境，即時對應出適宜的單字，把話說得準確到位、通情達理，是爽感很高的體驗。要能夠做到這件事，仰賴的是「**能隨時供你差遣的個人單字庫**」，我會開始甘心背單字，就是這個「**爽感**」驅動了我。

　　背單字這件事，因為被**賦予意義**（言語有味、爽感），所以即便辛苦，卻也能甘之如飴。用我的孩子來舉個實例：在進入兩歲後，我發現孩子的食慾降低了，而且對食物的偏好越來越明顯，不再「逆來順受」了。為了他能均衡飲食，我想到了一個辦法，就是為進食各種食物，賦予一個有趣的意義。

　　我家的孩子，最喜歡的卡通是「POLI」救援小隊，我就利用他喜愛的劇中人物，來和食物做連結。我告訴他蔬菜是波力警車的武器，麵、飯等澱粉類是消防車羅伊的力量來源，蛋白質類是救護車安寶的修護工具，水果則是直昇機赫利的燃料。有了意義的連結，吃飯就變成一場遊戲，**克服挑食就變成了有趣的挑戰。**

　　困難的事，只要賦予意義，或者使之有趣，就比較能夠長期執行，直到變成一種習慣。

　　如果你終於甘願背單字了，下一個問題，應該就是「**那我該從哪裡背起呢？**」坊間的單字書，從英檢初級的 1500 ～ 2000

字、大學指考的 7000 字，到號稱高頻率必考 10000 字，真可謂琳琅滿目、應有盡有。但是，關於單字書的殘酷真相是：不是買了 10000 字，就真的能夠學會 10000 字（啊不然你買韋氏大字典就好啦！）。

行有餘力的話，單字量當然是多多益善，但如果你學英文的目的，不是為了快速通過某個考試，其實真的**先不用**去挑戰 10000 字，因為背完了也用不到，用不到就容易忘，結果就是**白占腦容量**，徒勞無功。因為**字詞從來就是拿來用的，而不是拿來背的。**

我個人的經驗是，從文章上讀到的單字，或從影片、歌曲中聽到的單字，才是和你「**有緣**」的新單字。為什麼你會讀到或聽到這個字？通常是因為閱聽的內容是**生活、工作所需**，或是你特別**感興趣**的。

因為你需要，所以記得牢；題材感興趣，現身高頻率。

比方說你在外商工作，你需要使用的單字群，其實是有**特定範圍**的，一進公司時，或許有很多不熟的單字，但是只要你留心記憶，大概三個月後，就能掌握住大多**工作時需要的詞彙**。而你感到興趣的主題，也會有**經常出現的用語**，比方運動賽事轉播時的專有名詞，如 NBA 賽事中的 rebound 籃板球、3-pointer 三分球、alleyoop 空中接力……等，因為高頻率的聽到，聽久了就熟悉了。

這些在「**語境**」裡學到的字彙，因為有前後文的參考，並且常常帶著**聲音表情**，因此，更容易能被大腦理解，也更容易下意

識地進入你的「常用字群」中。這些**有緣的字彙，需要你刻意地掌握**，我建議你準備一本筆記本，將這類的單字、片語記下來，成為一本**「客製化」單字書。**（數量夠了，不僅可以傳家傳世，將來還可以拿來嗆嗆，你那不愛背單字的國中孩子 XD）

在這些客製化的單字以外，若還想**計畫性地多背單字**，我推薦從這**兩個列表入門**：Longman communication 3000、Longman defining vocabulary 2000（以此關鍵字搜尋，網路上就找得到）。

Longman 是英文字典的幾個大名字之一，台灣翻成《朗文詞典》，將時間投資在這兩個列表上，是我覺得 CP 值較高，而且比較是**真的能完成**的目標（10000 字真的太遙遠了，考生們辛苦了）。

3000 字的這組，是《朗文當代詞典》從朗文語料庫（Longman Corpus Network）的三億九千萬個詞彙中，彙整出三千多個最常見的**口語（spoken）和書面詞彙（written）**，在口語表述或書面文字中，出現的頻率約為 **86%**，又稱為「**朗文三千交際詞彙**」（Communication 3000）。如果能掌握此列表內的詞彙，對於英語聽力、口語和寫作都會有很好的基礎。

套句吳念真導演說的，電腦不只能夠挑花生，還能幫我們挑出精華單字。背三千多個字，能覆蓋 85% 以上的使用範圍，一天背十個，一年以內就能完成，超級划算啊！（奶爸按：會有三千多個，是因為書面和口語詞彙，有少部分沒有同時出現在前 3000 中，比方說 chocolate，是口說詞彙常用 2000 字，卻不在書面詞彙前 3000 名內。就是大家比較常**講到巧克力**，比較少**寫到巧克力**的意思。）

2000 字的這組，則是《朗文當代詞典》的創舉。

「2000 釋義詞彙」是朗文在編寫詞典時，編輯群**自我限制的詞彙使用範圍**，整本字典超過二十萬個詞條的英英解釋，都只能使用這 2000 個字來釋義。當然，在一些特定的專有名詞上，很難用這 2000 個字來解釋得精確到位，但是大部分的詞條，都能解釋得通順清楚。

你知道這代表什麼意思嗎？意思是，只要掌握這 2000 個釋義詞彙，只要**稍稍繞個圈**，幾乎所有的英文單字，都能夠用這些字的組合，「**換句話說**」來表達。這真是令人振奮的好消息啊！是不是頓時覺得充滿盼望呢？

順著這個列表講下來，關於背單字，我想在本篇帶出的結論是：「**變通，比單字量更重要。**」

同一句話，不會只有一種說法。如果能直接用一個**精準正確**的字來表達，那當然是最理想的，但是人在江湖飄，怎能不挨刀？單字總有不夠用的時候，遇到這樣的情況，與其抓破腦袋搜尋適合的單字，不如**換個方式，用自己熟悉的單詞來表達**。（然後，如果你記得想講卻講不出的內容，回家再查一查，更準確的說法是什麼？）

要訓練出變通能力，最好的辦法就是用「**查英英字典**」**來學習**，特別是《**朗文當代詞典**》。還記得剛剛提到的朗文 2000 釋義詞彙嗎？無論多難的字，它老兄都能用這二千個字來解釋。因此，**你每查一次詞典，在讀英英解釋時，也等於在複習這 2000 個核心詞彙。**

若是我們背的是比較困難、冷僻的單字，因為不常用，常常遇到一時之間說不出來的窘境。所以我都鼓勵成人學生們，困難的**單字「本人」可以忘，但是單字後面的「英英解釋」不能忘**，

那些才是在口語對話中，真正容易脫口而出的用字與講法。

　　比方說我們要學一個字，叫做「氣氛」atmosphere，如果這個字是硬背起來的，對話時臨時想用，常常就會卡在大腦或喉嚨裡。但是「氣氛」有沒有更簡單的說法呢？有的，atmosphere 的英英解釋叫做 the feeling of a place，**沒有一個字超出國中範圍**。

　　你走進了一間教室，一進門你就發現裡面的氣氛異常凝重。可能老師剛剛才發過脾氣吧？這時你想說「這間教室的氣氛很凝重」，你可以說 "The **atmosphere** in this classroom is very intense." 但如果 atmosphere 卡在喉嚨出不來，你當然也可代換簡單的說法 "**The feeling of this classroom** is very intense." 意思一樣，但是用字卻容易多了，這就叫做「**變通**」。

　　再舉幾個**高級冷僻詞彙**為例：戰斧 tomahawk 可以說成 battle ax；飛馬 Pegasus 可以說成 flying horse；小天鵝 cygnet 當然可以說成 little swan。**聽起來沒那麼帥而已，溝通的目的一樣有達到**。

　　先求有，再求好，先達到溝通效果，再來講究帥氣。單字是背不完的，先把目標放在這 2000 字或 3000 字的列表，背了就試著用出來，**用出來才是你的**。如果你不是考生，其他單字的增加，就隨緣吧（考生請認命背單字，叔叔伯伯阿姨們，都是這樣苦過來的）！從文章看到超過兩次的，再抄起來；在看影片時聽到的有趣用法，同樣抄起來。像**收集珍珠**一樣，珍惜生活中遭遇到的詞彙，並且**充滿好奇**，才是背單字的王道。

　　One more thing. 單字不是用來背的，是用來忘的，好消息

是：**多忘幾次，這個字就是你的。**

　　英文裡有三個關於「**記憶**」的常用字，recall 回憶、remind 提醒、remember 記得，這三個 re 為首的單字，很適合拿來當做本篇的結論。re 這個字首，在英文有「**再一次**」的含意，單字記憶從大腦中逃跑了，請用這三個 re 來對付它：re + call 再次把它召回來，不信單字喚不回；re + mind 再次把它放在心上，久了就能熟稔於心；re + member 再次使它變為成員，供你差遣使用。

　　「再一次、再一次、再一次」，再一次，單字就愛上你了。

Bonus Tip 奶爸加碼好料

CP 值超高的兩個列表

（1）朗文 3000 交際詞彙

　　先説「朗文 3000 交際詞彙」這組。在這份列表中每個單字後方會有註記，分別為 S1、S2、S3 以及 W1、W2、W3。

S1（Spoken）表示最常見的 1000 個**口說用單字**
S2 是前 2000 個，S3 則為前 3000 個。
W1（Written），則為最常見的 1000 個**寫作用單字**
W2 是前 2000 個，W3 則為前 3000 個。
S1、W1 的字彙，是打死不能忘，其他的則可慢慢累積。

（2）朗文 2000 釋義詞彙

　　想累積「含金量高」的單字，建議從這份列表下手。記得要和這 2000 個字混熟，最好的方法就是勤查《朗文當代詞典》喔！

　　無論兩千、三千，這些單字怎麼背呢？我鼓勵你這樣做：

0. 找適合的筆記本抄下單字
1. 查電子字典（或線上字典）確認發音，這是重要步驟
　（Google 時代，會唸比會拼字更重要）
2. 將例句至少寫一句下來
3. 試著造出一個自己的句子

　　完成 0、1、2、3，這個單字就算被你放進神奇寶貝球珍藏了，就待有朝一日，放他們出來和老外決一死戰。別抓寶可夢了啦！用收服單字來踏實築夢。

CP 值超高的兩個列表

朗文 **3000** 交際詞彙
https://goo.gl/qktQEk

朗文 **2000** 釋義詞彙
https://goo.gl/b2ekMT

P.S 列表來自免費網站，連結有可能失效（機率不高，但先說起來等）。屆時請以 Longman communication 3000、Longman defining vocabulary 2000（或 Longman Dictionary Vocabulary），此兩組關鍵字在網路上搜尋，即可找到替代網頁喔！

一魚三吃，得字如魚

耶穌對他的門徒說：「來跟從我，我要叫你們得人如得魚。」學英文，慢慢進入狀況後，我喜歡背單字的方法則是「**得字如魚法**」，將一個字拆成**魚頭、魚身、魚尾**，理解後再記憶。

魚頭，就是**字首**，決定字的**方向、性質、反義、強化**等衍生字義。（比方說：aging 是老化，anti 有反對、抵抗之意，加在一起 anti-aging 就變成「抗老化」。appear 是顯露、出現，dis 有否定、相反之意，加在一起 disappear，反而變成了「消失」。）

魚身，就是**字根**，決定字的**本意**，是最大的一群字。其詞意、詞性通常可隨魚頭、魚尾改變。魚身族類龐大、字源複雜，是最不容易掌握的一組，因此不用急著一次網羅，慢慢累積即可。

字根，有點像是中文裡的「偏旁」，只要加上一個部首，就能表達新意。比方說中文裡有個偏旁叫「戔（ㄐㄧㄢ）」，戔者小也，有小、少之意。加上部首，就形成了容易理解的字。

淺，水之小者，水少當然就淺。殘，身體功能缺少、變小。賤，小小的貝殼，價值輕賤。踐，用腳踏出一小步，實踐，就是一步一腳印。錢，金的小單位，便於流通使用。是不是都有小、少的含意呢？

一個正在學習中文的外國人，經過這樣的解釋，就能夠一次理解這些部首，以及有系統地把這些字記起來。英文的字根，也有這樣的邏輯性。

魚尾：就是**字尾**，添加在單字之後，用以形成衍生詞類或改變詞性。對學生而言，字尾最大功能是改變字的詞性，以配合文法的正確性。因此「字尾學得好，考試沒煩惱。」從字尾可以很容易判斷該字的詞性，考試時即便不知道單字本身的詞意，卻也能答對文法類的題型。

除了少數特例，多數字的字尾詞類變化，都有規律可循，花時間在這，CP 值最高。所以我們特別來談一下字尾，雖然不夠完備，但應該能幫你掌握一下概念（要寫完備的話，應該要再寫一整本書了）。

常用的字尾，可以粗分成四大類：

（1）抽象名詞字尾。

（2）表達職業、身分、功能的名詞字尾。

（3）動詞字尾
（4）形容詞字尾

（1）抽象名詞字尾

1　動詞＋ ment，變名詞
payment, movement, government, arrangement, development

2　動詞＋ ion ／ tion ／ ation ／ ition，變名詞

obsess → obsession	produce → production
inform → information	invite → invitation
decide → decision	permit → permission
explode → explosion	expand → expansion

3　動詞＋ ance ／ ence，這個字尾源於拉丁文，用來表示「動作」、「狀態」或「性質」的名詞
acceptance, guidance, performance, existence, reference

4　動詞＋ ing，不只是現在進行式，也可能當名詞喔！
tall building, good feeling, happy ending, beautiful painting

5　形容詞變名詞：ent → ence ／ ant → ance

silent → silence	different → difference
distant → distance	important → importance

6　形容詞＋ ty ／ ity，變為名詞
activity, royalty, nationality, specialty, difficulty

7　形容詞＋ ness，變為名詞
happiness, illness, goodness, kindness, weakness, sadness

（2）表達職業、身分、功能的名詞字尾

1　動詞＋ er ／ or，是最常見的搭配
可以表達職業，如：singer, dancer, teacher, doctor, actor
可以表達身分，如：owner, collector, teenager, beginner, lover
可表達某種功能的機具。如：computer, hair dryer, blender, monitor

② 動詞／名詞／形容詞＋ ist，表達某一種專業人士
journalist, biologist, pianist, scientist, dentist, zoologist

ism 則表示思潮、主張、概念，常翻成「主義」，亦為名詞，如：

capitalism 資本主義　　　　　socialism 社會主義
communism 共產主義　　　　　existentialism 存在主義
modernism 現代主義　　　　　postmodernism 後現代主義

③ 動詞＋ ant ／ ent，表達執行這個動詞的人或物
assistant, consultant, student, accountant, flight attendant

④ 名詞＋ an ／ ian，屬於某信仰、某地域、或精通某領域的人

Christian 基督徒　　　Australian 澳洲人　　　Brazilian 巴西人
historian 史學家　　　musician 音樂家　　　magician 魔術師

⑤ 名詞＋ ess，將此名詞女性化（陰性化）的字尾
waitress, actress, princess, empress（女皇）, goddess（女神）

⑥ 動詞＋ ee，被施行此動詞者、接受此動詞者
-ee 字尾有「被動」含意；-er 字尾則表「施行動作」的人員：

employee（受雇者）　⇔　employer（雇主）
testee（受試者）　⇔　tester（測試者）
interviewee（受訪者）　⇔　interviewer（採訪員）
trainee（受訓者）　⇔　trainer（訓練員）

（3）動詞字尾

① 形容詞＋ ize，變動詞。ize 字尾通常是「**抽象型**」的動作
　　中文的常用翻譯為 ＿＿＿ 化。如：modernize（現代化）、
popularize（通俗化／普及化）、privatize（私有化）、centralize
（中央化）、legalize（合法化），都是抽象而不具體的動作。

② 形容詞＋ en，變動詞。en 字尾通常是「**可操作型**」動作
　　中文的常用翻譯為使之 ＿＿＿。如：shorten（使縮短）、brighten
（使變亮）、loosen（使變鬆）、broaden（使拓寬），都可以想像
出實際的動作。

3 形容詞／名詞＋ify，有使之 ＿＿＿＿ 化的意涵

pure 純淨的→ purify 使淨化

diverse 多樣的→ diversify 使多樣化

simple 簡單的→ simplify 使簡化

beauty 美麗（名詞）→ beautify 使美化

unity 統一（名詞）→ unify 使統一化

（4）形容詞字尾

1. 名詞＋al：global, natural, cultural, formal, original
2. 名詞＋ic：scientific, patriotic, geographic, energetic
3. 動詞／名詞＋ive：active, effective, attractive, expensive
4. 名詞＋ous：famous, dangerous, gracious, courageous
5. 名詞＋ful：careful, hopeful, powerful, harmful, painful
6. 名詞＋less：careless, hopeless, powerless, harmless, painless

> 第 5 組的 ful 字尾字尾有「充滿、充足」之意，第 6 組的 less 字尾有
> 「缺少、沒有」之意，所以 5、6 兩組，可看作互為相反詞：
>
> powerful　　⇔　powerless
> meaningful　⇔　meaningless

7. 名詞＋y：「名詞加個 y，單字超展開」，這是我最愛用的單字擴張
   術，老外也常常用這種方法，造出有趣的字來。

salt 鹽→ salty 鹹的

sugar 糖→ sugary 甜的

hair 頭髮→ hairy 多毛的

bone 骨頭→ bony 骨瘦如柴的

fox 狐狸→ foxy 狐媚的、狡猾的

fish 魚→ fishy 有魚（腥）味的

boss 老闆→ bossy 霸道專橫的

cock 公雞→ cocky 趾高氣昂的

cheese 乳酪→ cheesy 肉麻的

是不是有趣又好記啊？

最後，為大家示範兩條魚。

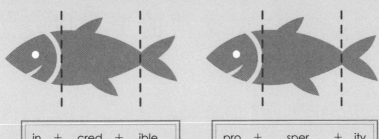

in	+	cred	+	ible
否定		信賴		形容詞
incredible＝難以置信				

pro	+	sper	+	ity
向前		希望		名詞
prosperity＝繁榮、昌盛				

祝福你，學好英文，進入難以置信的昌盛中！

文法小時候
文法的美麗與哀愁

　　英文文法像一棵千年老樹，上頭枝繁葉茂，下面盤根錯節。許多勇敢挑戰文法魔王的自學者，因為深陷文法迷霧中，最後只能徒呼負負、敗下陣來。文法真的這麼難嗎？讓我們回到語言發生的第一現場，回到文法小時候，看看文法的本質，或許你會發現，它小時候還蠻可愛的啦！（只是後來長歪了 XDDD）

　　語言首次發生時，是否有文法書可以參考呢？答案是沒有。對話就自然發生了。文法，是後來的人們，為了彼此容易了解、方便溝通，慢慢整理出來的規則。原本沒那麼複雜，但是日子一久，規則越加越多，規範越來越細，就長成如今這副千年老妖精的模樣。

　　文法的媽媽是**語法**，又稱為**語言法則**，讓人們可以用固定的形式，表達固定的語意，是為了溝通而存在的標記系統。「溝通需求，大同小異；標記原則，大不相同」，每個族群在使用、發展自己的語言時，會因為族群性格的不同，形塑出各種語言殊異的基本特質。

　　但是，無論使用哪種語言，我們都是同一種人，有著同樣的喜怒哀樂。與其花大量時間研究歧異點，不如回到歷史現場，理解共同的溝通目的。語言最基本的溝通目的，是要表達「誰」對「誰」「做」了什麼？

　　這就歸結出語言的「三要素」：主詞、動詞、受詞（中文裡

面同樣也有主語、述語、賓語的說法）。因此最常用的句型詞序（word order）就出現了：主詞＋動詞＋受詞。將這個詞序再展開來，就變成了英文的五大句型，基本上不論多長的句子，都是由這五個基本句型變化而來。

愛玩長句子的同學，當然還可以變體成：複句（complex sentences）、合句（compound sentences），但是對於口語上的使用，真的用基本五大句型，就綽綽有餘了，簡單介紹如下：

詞性縮寫

S = Subject（主詞）	V = Verb （動詞）
O=Object（受詞）	C=Complement（補語）

（1）S ＋ V [I] ⇨主詞＋不及物動詞

Time flies. 光陰似箭。

    S   V

Logan usually gets up early in the morning. 羅根經常早起。

    S   V

（2）S ＋ V [I] ＋ SC ⇨主詞＋不及物動詞＋主詞補語

Michael is my English teacher. 麥克是我的英文老師。

    S   V   SC

To see is to believe. 眼見為憑。（鄉民則說：有圖有真相。）

    S   V   SC

（3）S ＋ V [T] ＋ O ⇨主詞＋及物動詞＋受詞

<u>Bill</u> always <u>makes</u> <u>his own lunch</u>. 比爾總是自己做午餐。

    S   V   O

<u>Mary</u> <u>spent</u> <u>a lot of money</u>. 瑪莉花了好多錢。

    S   V   O

（4）S ＋ V[T] ＋ IO ＋ DO

    ⇨主詞＋及物動詞＋間接受詞＋直接受詞

（間接受詞是「給了誰」，直接受詞是「給了什麼」）

<u>Peter</u> <u>gave</u> <u>me</u> <u>roses</u> on my birthday. 彼得在我生日送我玫瑰花。

  S   V IO DO

Would <u>you</u> please <u>pass</u> <u>me</u> <u>the salt</u>？能否請您把鹽傳給我呢？

       S   V IO DO

（5）S ＋ V[T] ＋ O ＋ C

    ⇨主詞＋及物動詞＋受詞＋受詞補語

<u>I</u> <u>consider</u> <u>you</u> <u>my best friend</u>. 我認為你是我最好的朋友。

S V   O   OC

<u>Irene</u> <u>leaves</u> <u>her son</u> <u>alone</u> at home. 艾琳把兒子自己留在家。

  S   V   O   OC

    英文中所有複雜的句型，都是從這五大基本句型衍生，只要
釐清這五大基本句型的觀念，就能見招拆招、破解長句。Google
「五大句型」，可以找到許多例子與教學影片喔！在此就不占版
面舉例，我們來談談**更底層的事**。

我想和你談一談**英語語性**。語言有自己的特殊性格,人有不同的個性,語言則有不同的語性。對一個語言的語性更了解,就更能掌握溝通時的要點。

語性,先於文法而存在,是**一群人語言使用的習慣總成**,民情不同,語性就不同。因此**句型邏輯**的差異,常導因於思維模式的不同。中文與英文的句型邏輯,有非常大的差別,幾乎落在光譜的兩端,所以英文學不好,真的不能怪我們啊!是不是!?(右手背拍左手心 ×3)

中文是個「**重點在後**」的語言(head-final),我們愛迂迴、堆疊、埋梗;英文則是「**重點在前**」的語言(head-initial),英語人士習慣一針見血、開門見山。

比方要表達愛意,英文會直接明白地說 "I love you.",強烈一點可以說 "I love you so much.",更浮誇一點,還可以說 "I love you more than anything."。中文怎麼說呢?我們繞了很大一圈後,悠悠地說:「月亮代表我的心。」(是不是超迂迴、超含蓄的?!)

重點先講的英文,就好像喜歡利用特寫鏡頭的導演,先特寫焦點,再慢慢 zoom out 至全景,重點先行,再談細節。中文則剛好相反,偏好「由遠而近」的運鏡方式,先捕捉全景慢慢 zoom in 至焦點。最極端的例子,就是侯孝賢導演,他酷愛使用一整段的長鏡頭,連 zoom in 都省下來,只給全貌,不見一人,想說的話都含蓄在那片無言的山丘中。

其實,不用看山丘,光看地址的書寫方式,也能看出明顯差異。

中文習慣「由大到小」,由大的地區範圍,縮小到門牌號

碼。英文的順序則是倒過來的，「由小到大」，由焦點號碼開始，擴大至國家地區。

台灣台中市西屯區西屯路二段 22 巷 100 號

No.100, Ln. 22, Sec. 2, Xitun Rd., Xitun Dist., Taichung, Taiwan（R.O.C.）

英文習慣把重點訊息先說，修飾性用語或背景資訊，則放在句後補充說明。先講重點，再闡述相關的細節和背景，**說話如此，寫文章也如此**，一開始就破題，開門見山，直接了當。

在篇章結構上，制式英文作文的寫作方式，是在**首段的首句**就點出**主題**（topic sentence），再藉由**首段的末句**，一句話簡短的將整篇文章的重點寫出來，提出**論點**（thesis statement），讓讀者能快速掌握文章主旨與作者的立場。

在後續分段中，再就同一主旨提出**具體例證**，說明細節，以支持第一段的主旨。在個別段落的鋪陳上，也是**重點先講**，第一句必須承先啟後，發揮主題句的功能，點出該段的重點所在，再加以延伸。

考生福音來囉！了解英文的篇章結構和語性後，甚至可以歸納出閱讀測驗的速讀小撇步，以免應試時寫不完啊啊啊！你可以這樣速讀一篇文章：

1. 仔細讀標題，標題一定會適切涵蓋內容。
2. 若有附圖，請仔細看，裡面一定有答題線索。
3. 第一段的前兩句認真讀。

4. 第一段的最後一句認真讀。

5. 每段的第一句認真讀。

6. 最後一段的末句認真讀，通常是整篇結論。

7. 名字、數字、日期，畫底線作記號，方便回頭查找。

　　有了這樣的速讀技巧，答題的效率會大大提昇，在時間緊迫的考試中，可以為你爭取不少時間喔！

　　最後，這樣的語性差別，**體現在商務溝通**上也是。

　　老外怎麼談生意呢？無論個人或公司，最先問的就是 **"What's in it for me?"** 先來個簡報直白告訴我，好處是什麼？為什麼要選你？如果彼此符合需求，真的談成生意了，我們再來開 party 慶祝。他們認為，先直接告訴你：「牛肉在哪裡？」如果**誘因夠大**，事情就能談下去。華人怎麼談生意呢？先吃個飯再說吧！不用先知道牛肉在哪裡？**最好先放肚子裡**。我們認為，如果**關係夠好**，事情就能談下去。

　　把對方的語言使用習慣放在心裡，溝通的效率就能提高。下次和老外談公事，別忘了先把牛肉端出來，事情會好談很多喔！

　　基礎文法很重要，它會幫助你說出、寫出語序正確的句子。但是，文法只是一個工具，是語言使用者的幫手，不應當本末倒置，反而成為我們的障礙。就像是一把尺，尺不是目的，畫出筆直的線才是；文法不是目的，順暢地溝通才是。因此，請從「用中學、錯中學」，莫待文法學到臻於完美才敢開口，因為根本沒有完美的一天啊！現在就開口，勇敢犯錯吧！

老爸教會我的兩件事

　　關於語言學習者的重要特質，我的老爸用他的超能力，教會了我兩件事，在我十多年的教學實戰驗證中，幾乎每個成功習得英語的學生，都有這兩個特質，因此一定要和你分享。

　　老爸的第一個超能力是：無限迴圈的個人牌局。

　　家裡還經營冰果室和火鍋店的日子裡，他在顧店的閒暇之餘，最愛從事的活動就是撲克牌。老爸玩的遊戲是「十三支」，他會把一副牌分成四等份，然後一份一份翻開，不管一手好牌還是爛牌，都試著做出最好的配置，排出最佳的應戰組合。等到每一堆都排列完成，就重新洗牌、發牌，繼續下一輪的牌局，如此反覆、行禮如儀。

　　對年輕時代的我而言，這簡直是無聊到難以置信的活動，但老爸竟能數十年如一日，反覆地把玩著這遊戲。手裡那副塑膠做的「撕不破撲克牌」，在經年的流轉後，不只花色斑駁，竟連牌身都變得單薄了。老爸排列過的牌組之多，讓我合理地懷疑，他應該是撲克歷史上，少數拿過「黑桃一條龍」的人類。

　　老爸的人生規畫裡，應該沒有和劉德華一起參加「慈善賭王撲克大賽」的選項（還是其實有 XDDD），但是他就默默在自己的一方天地裡，不斷地練習和思考，如何將手上的牌出得更好。年輕時不懂這件事的厲害之處，等到我立志重新學英文時，才發現這細水長流的嗜好，正是語言學習者需要的第一個特質：「**耐**

得住寂寞的重覆練習。」

每個人都想學會英文，但大部分的人，都輸給了寂寞。

那些沒人監督、沒人看見的時候，你是否仍忠心地執行著你的學習計畫呢？學英文，不是熱熱鬧鬧的百米賽跑，而是馬拉松式的旅程，路上或有旅伴，但大部分的時候，這是場**一個人的挑戰賽**。

要上得了光采的廳堂，先得熬在寂寞的書房。

有人說：「世上唯一能不勞而獲的，只有年紀。」我覺得這句話過於武斷，奶爸可以用親身經歷告訴你：「體重也是！」**有價值的事物，都伴隨著完成或取得的代價，英語能力的提升亦然。**

接著，來談老爸的第二個超能力——和外國人聊天。這個超能力，完全是他的人生中，意外挖掘出來的外掛程式。

事情是這樣的。

當年還在故鄉田中教數學時，週五的夜晚，外師們有個放下工作、迎接週末的例行小聚，場地不外乎「夏日燒烤 Bar」或是「Lily's Kitchen」，這兩個充滿我年少回憶的老地方。當時立志要學好英語的我，為了把自己多多浸泡在英語環境裡，幾乎無役不與，人家是無酒肉不歡，我是無英語不歡。

忘了是從哪次開始，老爸可能擔心我跟老外走得太近，會被別人「拐拐去」，他決定一探究竟，看看我們的聚會到底在「衝蝦密」。他到了以後，發現我們不過就是朋友間的小酌、聊天，就放心地「留下來」了。

沒錯，不是放心地「回家去」，他大爺就這樣留下來了。

留下來做什麼？答案是喝酒「聊天」。喝酒很合理，但聊天

就神奇了。我聽過老爸講的英文單字，怎麼算都不超過十個，大概就是 Yes, no, ok, sorry, very good, thank you, beer（啤魯）, truck（拖拉庫）, screwdriver（羅賴把）, tomato（偷媽豆）之類的。更正更正，應該還有 autobike（歐兜邁），老爸的單字量堂堂來到十一個。

神奇的是，憑著這僅有的幾個單字，每次他出現在這場合，總能跟外國人聊上一段，短則三、五分鐘，最長還聊過半小時。我非常確定老爸聽不懂老外在講什麼，但**聽力靠猜、口說靠比**，**滿腔誠意加膽識，肢體動作搭表情**，在老外面前，竟無半分懼色。

究竟是酒精的催化，抑或是天生的臉皮角質厚，我們就別再深究下去了。但是老爸在這裡展現的，正是語言學習者的第二個特質「**會的不多，用得很好**」。原來，不是背完七千個單字，才能有信心開口說，而是**學一個、用一個**，**現學現賣不怕菜，背而不用才無奈**。

承襲了老爸的兩個重要特質：「耐住寂寞，重覆練習」、「會的不多，用得很好」，我展開了我的英文學習之路，半年之後，果真有了初步的成果，十年回首，竟也闖出了一條小徑。

親愛的夥伴們，這是我老爸教會我的兩件事，在你往後學習的路上，一定會有遇到困難的時候，請不要忘了，在某個鄉下的燒烤 Bar 裡，曾有這麼一號人物，為了愛兒子的緣故，硬著頭皮和外國人聊了開來。願你從他的親身示範中，找到**持續學習、勇敢開口**的智慧和勇氣。

鄭宗卿先生，親愛的老爸，你真行，I 服了 You。

勇者之心
語言學習者的心、技、體

　　〈呃，那個……我們終於要談背單字了〉、〈文法小時候：文法的美麗與哀愁〉、〈老爸教會我的兩件事〉，這三個篇章，就像《射鵰三部曲》一樣，其實是互相關聯的。

　　像剝洋蔥一樣，我一層一層由外往內寫進去。個人詞彙量是最外層的事；中間是文法、句型的熟悉度，以及變通的能力；最核心的部分，其實是一顆可以受挫、可以脆弱，但絕不放棄的勇者之心。

　　用一張圖來表示，長成這樣。

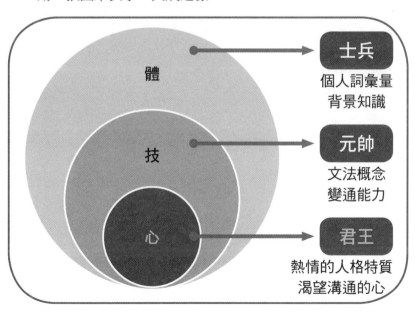

《聖經》上說：「你要保守你心，勝過保守一切，因為一生的果效是由心發出。」"Keep your heart with all diligence, for out of it is the **wellspring** of life."〈箴言〉4章23節）語言學習者，也要好好地保守這顆心，因為它才是源源不絕的泉源。如果有心，一個鄉下爸爸能和老外侃侃而談、面不改色（好啦！他因為喝酒臉有變紅了一點）；一個愛女心切的媽媽，可以孤身一人、飛了三天，帶著一張英文小抄，勇闖委內瑞拉，就為了幫多年不見的女兒做月子。

勇者之心，才是君王。如果你具備熱情的人格特質，你有渴望溝通的心，一定會激發出你的變通能力，也一定會驅策你把文法掌握好，個人詞彙量的累積，會變成隨著時間推演後的必然。

不要忘了，真正的勇者，可以受挫、可以脆弱，但是他永遠不會放棄。英語學習的路上，一定會有瓶頸，一定會有挫折。單字背不起來，文法弄不清楚，耳朵跟不上英語的速度，看到老外就搞自閉，寫起作文詞不達意……這些我都遇過，英文巨人簡直把我揍得鼻青臉腫，連我老媽都快認不得了。

但是，最後一次嘗試學英文時，我終於掌握了得勝的祕訣：「跌倒了，再站起來就好！」這一次，我沒有放棄戰鬥，一路纏鬥到了如今。和英文的對戰大概到了第八回合了，雖然前面幾局的積分不太好看，但我有信心，只要能夠撐到第十二回合，我一定能找到機會將他 K.O.，逆轉得勝。

未來的路還很長，願你也保有這顆勇者之心。

「把跋」
模組化的個人學習規畫表

終於，我們來到了最後一個章節，奶爸還有最後的話。

"Repetition is the mother of skill."（重複為精通之母）。任何技藝的精通，都與重複練習、不斷精進有高度正相關。在本書裡，奶爸提供了好多種可以投入實踐的練習方法，該怎麼落實在你的生活中呢？我建議使用**模組化**的概念來安排。

把每一種練習，看做是一塊樂高積木，按著自己的能力與需求，組建出自己適用、可行的學習規畫。假定你每天有一個小時的時間，除了每天**優先必修**的二十五課聽力練習，你還可以再加上一些「**配件**」，例如：

1. 每天聽同一首喜愛的英文歌二次，直到琅琅上口。
2. 每天試譯中英對照句二句。
3. 抄錄三個朗文釋義詞彙，含例句與造句。
4. Po 一句中英對照的名人佳句在臉書。

這樣一個小時差不多就用完了，如果你還有更多時間，當然

還可以加上：

> 寫 AZAR 文法書一個小單元。
> 讀 Six-way 一篇，完成六個問題並查字典。
> 用史嘉琳老師的 Echo 回聲法，專注模仿五句話。
> 演一小段《阿甘正傳》。
> 看一則《哈哈英單 7000》並笑出聲音來。
> 唸一本英文繪本，給孩子聽。
> 陪孩子唱（跳）一首英文兒歌。……

內容怎麼安排不是最重要的，首要重點是 doable，你個人的「**可行性**」。可行性高，才有可能重複執行；重複執行，才有可能邁向精通。除了可行性，模組化學習的第二重點是「**動態式調整**」，你可以隨著自己程度的進步，自由抽換、增減「配件」，以符合個人所需。

根據可行性與動態式調整的原則，訂定出學習規畫表後，你可以設計出一個簡易的 **check list**，每完成一個小項目，就打一個勾，累積一個點數，每週集滿 ___ 點，就犒賞自己一下，當週沒有集滿點數，則點數歸零，下週又是新的開始，每週都有重新挑戰的機會。連續三週達標，你可以再擴大慶祝的規模，鼓勵一下認真的自己。（切記，第七章教過的：標準看自己，持續前行、無需躁進。）

把自己當成一個運動選手，一時的失敗不足掛齒，只要記得「忘記背後的，努力面前的，向著標竿一直跑。」把眼光定睛在勝利的標竿，每天前進一點點，得勝終點就不遠。

英文學習像上健身房，需要鴨子划水一段時間，才能看出體格的明顯改變，但是每一個挺舉、深蹲都算數，只要**動作確實到位**，它們都會忠實地回饋在你的肌肉線條上。

英文學習像田中馬拉松，不要只看到漫長的路線，更要想到吃不完的補給美食，沿途的稻浪與美景，以及，從頭到尾為你熱情打氣的田中鄉親。這本書終有讀完的一天，英文學習卻不會停止，歡迎加入讀者社團，我們臉書上見，**我就是那位為你熱情打氣的田中鄉親。**（在 LINE@ 帳號輸入：社團，就會跳出加入連結。放在這麼後面，就是為了篩選出認真讀完的有緣人啊！）

英文學習像是一場拔河，不要放手、不要放棄，哨聲響起之前，勝負都還沒決定。我二十四歲時，決定投入這場拔河，咬著牙、挺起腰、不放手，流著眼淚望向天空，終於撐到了哨聲響起的那一刻。這次，勝利的紅繩，落在了我這邊。我贏了這場拔河，**我把英文拉進了我的生活中。**

寫著寫著，這本書就要完成了，有種難以置信的超現實感。在帶著兩個孩子的狀態下，咬牙投入寫作中，真是好艱辛的半年，好甜美的半年。長子「麥克風」出生不久，我重拾麥克風，開始了兼職講師的身分；次子「麥克筆」出生後，我開始了作家的筆耕生活。這兩件事，都不在我預定的人生節奏中，但我相信這是上帝美好的安排。孩子們，我期待自己，在**用熱情分享所知，用文字保存知識**，這兩件事情上，成為你們的小小示範。

親愛的夥伴們，我寫這本書時，一直在心裡想像著一個你，我期待能把我所經歷的轉變，與每一個想學好英文的你分享。我彷彿看見了你上揚的嘴角，彷彿看見你專心聽著英文的樣子，彷彿看見你和外國人侃侃而談，彷彿看見你眼裡重新亮起的光。為

了這樣的你，我毫無保留把自己放進這本書了，這是我的拚搏、我的戰鬥、我與英文的美好交鋒。（天啊！我怎麼邊寫邊流淚啊！）

對你而言，英文學習又像什麼運動呢？管它像什麼，捲起袖子，跟它拚就對了。

是為跋。

你的自學夥伴

Michael 鄭錫懋

增訂版自信升級特別加碼
常見學習疑難雜症

1 我是想砍掉重練的初學者，常聽人家說一本好字典很重要，坊間的字典、辭典很多種，我到底該怎麼選字典呢？

奶爸盡力回答

　　初學者選字典是個常見問題，以下為初學者的字典選擇建議。**英英字典比較有「學習」的功能，英漢字典比較像是急需時的「翻譯救援隊」**，這個功能已經完美被 Google 翻譯取代，所以學習英語，還是建議入手一本英英字典。

　　但初學者查英英字典，一定會有挫折，可能還會越查越不懂。建議學習者剛開始使用英英字典時，可同時備一本英漢字典（如果有預算考量，就選一本英英／英漢雙解字典）。如果發現查某一個字時，英英字典的解釋，看了很多次還是抓不到字義，就不要再執著了，這個字直接換查英漢

字典，比較省時，也能降低初期的挫折感。

　　字典中有個分類叫**學習型字典**（Learner's Dictionary），一般的英英學習型字典，會有限制用來解釋單字的字彙數量，稱為「**釋義詞彙表**」。因此，比較不會遇到重複查詢，越查越不懂的窘境。所以初學者建議先從此類字典入手。

　　本書「英語自學者的小書架」單元推薦的《《朗文當代高級英漢雙解辭典》，就是一本內容足夠豐富，又能兼顧學習者友善的字典。它的釋義詞彙限縮在二千個，是釋義詞彙量最小的學習型字典。其他的英英學習字典的釋義字彙，則落在二千五百字到三千個字不等（《牛津高階英語辭典》（Oxford Advanced Learner's Dictionary）釋義詞彙為三千字；《麥克米倫高階英語詞典》（Macmillan Dictionary for Advanced Learners）釋義詞彙則為二千五百字）。

　　結論：如果只能買一本字典，與其去買所謂的「中學生字典」、「入門字典」，不如一次到位，買一本英英／英漢雙解的《《朗文當代高級英漢雙解辭典》（第幾版都沒問題，有附光碟的更方便）。

　　一本好字典，絕對能陪大家五到十年，CP 值很高啊！我自己的那本，已經十五歲了呢！

2 英文單字老是背不太起來，背起來了也不太會運用，該怎麼辦？

英文單字背不起來，是非常合理的，單字不就是用來忘記的嗎？ XD

來，先回答奶爸一個問題：「有買過單字書、字彙書的同學，麻煩舉手一下？」（遠端螢幕顯示，95% 的同學都有舉手）第二個問題：「有把這本單字書，從頭到尾好好讀完、背完、寫完的人，麻煩再舉一次手。」（遠端螢幕顯示，只剩 5% 的同學舉手）

背單字很重要，你知道，我知道，獨眼龍也知道，但就是偏偏辦不到。為什麼呢？因為**大量背單字這個行為，其實是不符合腦科學的**。短時間內填鴨強記，又缺乏輸出使用的機會，因此遺忘就成了必然的結果。

這一題應該可以接續上個提問來回答，與其囫圇吞棗亂背單字書，不如透過**好好查字典，把所選字典的釋義詞彙弄熟**。師法釋義詞彙的設置精神，限縮使用的詞彙量，善用已知解釋未知，學習用簡單的詞彙，來表達複雜的概念，這樣

才能真正把單字「用出來」。

　　有個小提醒是：朗文字典的這二千個字，都是經常性用字，當你查英英學習字典，**發現英英解釋中有不認識的字時，應該要把它抄寫下來**，有空就複習，長此以往，就能熟悉內化這些核心詞彙。

　　讀者認真提問

　　③ 學習熱情很難維持下去，我該如何延續熱情？

　　奶爸盡力回答

　　「施主，這個問題要問你自己。」周星馳在電影《食神》裡，已經給了我們答案。

　　熱情，來自於動機和目標。你的動機有多強，對達成目標有多大的承諾，就能夠維持多久的熱情。如果只是「想把英語變好」，這樣的目標實在太抽象、太薄弱了，因為幾乎所有的台灣人，都有英語想變好的念頭，而實際上，普遍得到的成果卻都不盡理想。因此也就不斷重複著「立志學英語」的循環橋段。

　　目標應該要**更明確、更切身、更有急迫感**才行，不然

學習英語很容易在你的時間管理裡，被排定成「重要但不緊急」的分類中。既然不緊急，那就慢慢來、那就明天再説、那就明年再説，那要不要乾脆退休有空時再説！？

　　當年我學英語的動機，是想要延續教學的工作，我想要繼續當個老師，無奈數學實在不夠好，只好轉戰英文領域。我愛的不是學英語，我愛的是教書，這是我的熱情來源，為此，我可以忍受英語學習過程中的不耐與寂寞（真的是寂寞啊！當年沒有《英語自學王》可以參考，一切都必須自己試錯與摸索）。

　　當年我的目標也非常急迫，我必須在服兵役之前，把英文學到夠好的程度，因為深知離開了當時的工作環境，短期內應該無法再找到更好的學習機會了。因為心中的這份急迫感，我得以在半年內，補足以往的英語知識缺口，慢慢往更好的自己前進。

　　無法維持學習熱情嗎？再問一次自己：我為什麼要學英語？

4 我的發音不正確,口音不夠標準,請問我該怎麼辦?

發音,是語言學習最基礎的一塊,卻也是很多人不敢開口講英語的因素之一。但真相是,我在印度旅行時,遇過來自世界各國的旅人,我們賴以彼此溝通的英文,幾乎都帶著口音。

說到發音,我認為正確最重要的心理認知就是:**接受自己發音不完美的事實**。對於第二語言學習者而言,發音不完美(甚或帶著明顯口音),本來就是正常的。

第二個認知則是:**發音的準確性,是能夠透過練習而進步的**。你可以透過模仿歌手唱歌,來訓練唇齒舌咬字變化的協調性,從慢歌開始練習,唱熟了再換成快歌(認真唱個五、六首歌,就能明顯感受到自己變「輪轉」了)。

發音、口音問題嚴重者,請參考本書第五章第二小節,史嘉琳教授提倡的「回音聽力法」。藉由有意識的聆聽和模仿,你會發現你的發音和口音,都能有感進步。

建議**配合錄音 App 或錄音筆**,檢視發音是否有越發越

正確。通常我們在自己說話的同時，很難敏銳聽出發音的錯誤；聽不出來，就難以糾正。「**錄下來，仔細聽，刻意改**」這個循環一旦建立起來，進步指日可待。

5 聽說讀寫一定要照步驟進行嗎？如果每天的學習時間不夠多，有哪一個是必做的項目？

現代人的時間不夠用，奶爸我完全懂，我可是在一打二的全職奶爸身分下，還要每週擠出一集廣播節目，擠出定量的新書文字，還要塞進不定期的演講、授課任務的斜槓中年啊！

聽說讀寫一定要照步驟進行嗎？理想上，當然是都要兼顧嘛（這連我家隔壁巷口的國中生都知道）！但現實畢竟是殘酷的，時間就真的擠不出來啊！

我想用過去的一段親身經驗來回答這問題。在我自認為英文真有明確的進步時，兵單就無情地飛來了，我的延畢生活結束，必須要入伍當兵了。當兵期間，我最大的擔心就是英語會退步，所以我想了兩個辦法來避免它發生。第一，收

假放假搭火車時，盡可能找到外國旅客來聊天；第二，每天就寢前，在床上聽十五分鐘的英文，來源是放假時預先下載到 MP3 裡的音檔，內容包含新聞片段、有聲書、演講……等。

第二個辦法，神奇地保留住了我的英語聽力，所以我衍生了一個「**英語最低保命量**」的理論：**只要每天保持特定的英語聽力輸入量，儘管不能進步，但至少都能維持住英語的語感和敏銳度**（以我的例子而言，這個輸入量是十五分鐘，因人而異）。

所以，如果時間真的不夠，請將「定量的聽力輸入」，列為最優先目標。

讀者認真提問

6 我的個性真的太害羞了，不敢開口說，我該如何營造可以使用英文的環境？

奶爸盡力回答

先說，奶爸年輕時也自認是內向的人，但現在認識我的朋友，大概都不會用「內向害羞」來形容我（更多人會用的形容詞是「浮誇的人來瘋」XD）。

我的內向一直都在，但害羞的部分，或許是老師與講師的職業要求使然，已經幾乎消失了。我想說的是，**個性不容易改變，但社交能力是可以培養的。**

社交能力不是要你成為長袖善舞的社交花蝴蝶，而是學習成為**容易與他人建立連結的人**，對於內向的夥伴，我提供三個可以努力的方向。

（1）成為優質的聆聽者

內向者，是天生的優質傾聽者，要善用這個優勢。有機會和外國朋友聊天時，一開始很難講出生動有趣的內容，這時不妨先成為一個聆聽者。溫暖的眼神交流、適時的簡單回應和追問，即使沒有說太多話，因為專注聆聽，也能使你成為很好聊的對象。

（2）成為有趣有料的人

有趣有料的人，比較能引發他人交談的興趣。有趣，是你與別人的不同之處；有料是你有知識、經驗、觀點。

成為有趣的人，不用搞出什麼天大的名堂，先從「擁有興趣」開始。花鳥蟲魚、登山露營、烹飪烘焙、品酒賞樂……都行。將感興趣的事物，結合英語的學習（查查交響樂、酒類名稱、露營道具的英語怎麼說，就是很好的結合）你就會多了很多談資，可以和外國朋友建立連結。

成為有料的人，則需要較長期的累積。廣泛閱讀就能增長知識；多接觸新事物，就能擴展生活經驗；對於所見所知，經常思考咀嚼，就能發展出個人觀點。這些，都會使我們成為「更好聊的人」。

（3）成為勇敢的表達者

　　勇敢，是語言學習者的外掛程式。內向的語言學習者，很多時候都卡關在羞於開口，因此少有機會，把求學時學了十幾年的英語用出來。

　　鼓勵你像當年的我一樣，跨出舒適圈，勇敢開口說。**你其實比你自己想像的更勇敢、更有魅力。**

讀者認真提問

7 我總是想要速成，一直感受不到進步，因此時常感到灰心。請問我該怎麼辦？我如何用最少的時間學好英文？

奶爸盡力回答

　　猜猜看，從我脫魯到現在，學習英文多久了？答案是十五年。直到如今，有沒有我看不懂的單字、聽不清楚的句子、說不出來的話？當然有，而且還很常遇到。唯一的不同是：我接納這一切，並且甘之如飴。

想一下這件事，生活中其實也有很多我們看不懂、唸不出來的中文字，特別是算命先生從《康熙字典》裡，選出來為人命名、改名的冷僻字。我們能做的，頂多就是「有邊讀邊、沒邊讀中間」，好像很少人會因此感到自己的中文能力不足、程度不好。

那為什麼換成英文，心態就不一樣了呢？

每次當這個「我的英文不夠好」的念頭出現的時候，請務必提醒自己，我正在學習「第二語言」，遇到困難、遇到瓶頸，都是語言習得的必經之路。接納自己的不完美，持續往前進，只要不停下來，每一天你都是進步的。

再來，如何用最少的時間學好英文？

語言學習是一條只有開始、沒有結束的不歸路。速成，是魔鬼的甜蜜誘惑；真正的解方，是擁抱整個學習旅程，苦澀的、甜蜜的，這才是語言學習裡，最美最美的部分。

與其思考用最少的時間速成，不如思考如何進入心流，忘記時間的存在。我們急於求成最大的原因，就是「過程不美麗」，所以最好快快結束，咬牙撐完它。

其實，現代人普遍都有進入心流的經驗及本事，只是有點用錯地方。想想看你上一次追韓劇、打線上遊戲，是不是

也曾達到古人說「通宵達旦、廢寢忘食」的境界？這就是心流。

放寬心、不放棄、持續向前行，祝福你的英語學習，也能進入心流裡，願你享受你的旅行。

※※※

7，是一個美好的數字，讓我們的 Q&A，就停在這裡吧！

六個字說完一個故事
Six Word Stories

　　用六個字，說完一個起承轉合、情感充沛的故事，這個由海明威（Ernest Hemingway）開始的文字遊戲，直到如今都還有後續的仿效者，甚至還舉辦比賽、頒發獎金。作者們的巧思令人折服，邀你一起來感受這超短篇故事的張力

For Sale：Baby shoes, never worn.
（海明威，首創故事）
嬰兒鞋出售，全新、未穿。（那個嬰兒怎麼了？）

Strangers. Friends. Best friends. Lovers. Strangers.
陌生人、朋友、摯友、愛人、陌生人。
（最熟悉的陌生人）

I met my soulmate. She didn't.
我遇見了我的靈魂伴侶，而她沒有。
（落花有意，流水無情）

Sorry soldier. Shoes sold in pairs.

抱歉了，大兵。鞋子成雙出售。

（在戰場上，他失去了一隻腳）

Birth certificate. Death certificate. One pen.

出生證明，死亡證明，同一枝筆簽署。

（白髮人送黑髮人）

Finally spoke to her. Left flowers.

終於和她說上話了。留下鮮花。（一場來不及的對話）

Alzheimer's Advantage：new friends every day!

阿茲海默症的優勢：每天都能交到新朋友。

（笑看失憶症狀）

是不是超有張力，又充滿延伸的想像？

附 錄 二

笑中有機鋒
Sense of Humor

這我就不翻譯了，你自己來感受這些美式幽默的後座力。

1. Do not argue with an idiot.
   He will drag you down to his level and beat you with experience.

2. The last thing I want to do is hurt you.But it's still on the list.

3. We live in a society where pizza gets to your house before the police.

4. War does not determine who is right - only who is left.
   （漂亮的雙關）

5. If God is watching us, the least we can do is be entertaining.

6. A bus station is where a bus stops.

 A train station is where a train stops.

 On my desk, I have a work station.

7. Children:You spend the first 2 years of their life teaching them to walk and talk. Then you spend the next 16 years telling them to sit down and shut-up.

8. Behind every successful man is his woman.

 Behind the fall of a successful man is usually another woman.

9. A little boy asked his father,

 "Daddy, how much does it cost to get married?"

 Father replied,"I don't know son, I'm still paying."

10. You do not need a parachute to skydive.

 You only need a parachute to skydive twice.

你笑了嗎？願你的每天，都笑容滿面。

MEMO

加入晨星

即享『**50 元 購書優惠券**』

—— 回函範例 ——

您的姓名： 晨小星

您購買的書是： 貓戰士

性別： ●男 ○女 ○其他

生日： 1990/1/25

E-Mail： ilovebooks@morning.com.tw

電話／手機： 09××-×××-×××

聯絡地址： 台中 市 西屯 區

工業區 30 路 1 號

您喜歡：●文學 / 小說 ●社科 / 史哲 ●設計 / 生活雜藝 ○財經 / 商管
（可複選）●心理 / 勵志 ○宗教 / 命理 ○科普 ○自然 ●寵物

心得分享： 我非常欣賞主角…

本書帶給我的…

"誠摯期待與您在下一本書相遇，讓我們一起在閱讀中尋找樂趣吧！"

國家圖書館出版品預行編目（CIP）資料

英語自學王：史上最強英語自學指南【增訂版】
／鄭錫懋著. -- 初版. -- 臺中市：晨星, 2021.07
288面；14.8×21公分. -- (語言學習；18)
ISBN 978-986-5529-75-8（平裝）

1.英語 2.讀本

805.18   109015523

語言學習 18

英語自學王【增訂版】
史上最強英語自學指南

作者	鄭錫懋
編輯	余順琪
校對	Naomi Christina Harris、余順琪
封面設計	張蘊方
美術編輯	林姿秀

創辦人	陳銘民
發行所	晨星出版有限公司
	407台中市西屯區工業30路1號1樓
	TEL：04-23595820　FAX：04-23550581
	E-mail：vita@morningstar.com.tw
	http://star.morningstar.com.tw
	行政院新聞局版台業字第2500號
法律顧問	陳思成律師
初版	西元2021年07月01日
初版三刷	西元2024年03月01日

讀者服務專線	TEL：02-23672044／04-23595819#212
讀者傳真專線	FAX：02-23635741／04-23595493
讀者專用信箱	service@morningstar.com.tw
網路書店	http://www.morningstar.com.tw
郵政劃撥	15060393（知己圖書股份有限公司）

印刷	上好印刷股份有限公司

定價 320 元
（如書籍有缺頁或破損，請寄回更換）
ISBN：978-986-5529-75-8

Published by Morning Star Publishing Inc.
Printed in Taiwan
All rights reserved.
版權所有・翻印必究

| 最新、最快、最實用的第一手資訊都在這裡 |